HEYNE

DIE GROSSEN KULTUREN DER WELT
ARCHAEOLOGIA MUNDI

ALEKSANDR BELENICKIJ

ZENTRALASIEN

Deutsche Bearbeitung:
Prof. Dr. Gerhard Doerfer

44 farbige Illustrationen
101 einfarbige Illustrationen

Wilhelm Heyne Verlag
München

Wissenschaftliche Leitung:
Jean Marcadé, Professor für Archäologie
an der Universität Bordeaux

Alle in diesem Werk abgebildeten Stücke stammen aus dem Eremitage-Museum, Leningrad.
Die Aufnahmen stammen, wenn nicht anders vermerkt, von Gérard Bertin, Genf.

Genehmigte Taschenbuchausgabe der im Nagel Verlag, Genf,
erschienenen Reihe »Archaeologia Mundi«
Copyright © 1968 by Nagel Verlag, Genf
Umschlaggestaltung: Atelier Heinrichs, München
Printed in Germany 1978
Gesamtherstellung: Friedrich Pustet, Regensburg

ISBN 3–453–35011–1

Inhaltsverzeichnis

Vorwort

Die zentralasiatische Archäologie, die ja besonders nach dem letzten Weltkrieg einen bemerkenswerten Aufschwung genommen hat, hat in der breiten Öffentlichkeit Westeuropas noch nicht das Interesse gefunden, das sie verdient. Über die Vergangenheit jener fernen Länder mit komplizierten und fremdartigen Namen sind die Berichte in den bekannten Werken zur allgemeinen Kulturgeschichte allerdings lakonisch, oft sogar schwer zu entdecken. Ein Grund mehr für uns, diesem Gegenstand einen der Bände der Sammlung Archaeologia Mundi zu widmen.

Unter all den wechselnden Erscheinungen, die jene Wissenschaft Archäologie, welche niemals ganz die gleiche, nie eine ganz andere ist, über die Welt hin bieten mag, weist doch Zentralasien besondere Züge auf.

Die Probleme *hängen hier zusammen mit der relativen Seltenheit schriftlicher Quellen und ihrer meist fremden Herkunft (also ihrem »sekundären« Charakter) für jene Perioden der alten Geschichte, die wir als die klassischen zu bezeichnen pflegen. Während Epigraphie und Literatur im Mittelmeerraum und im Vorderer Orient einen unmittelbaren und detaillierten Kommentar zu den archäologischen Funden liefern, sind einheimische Inschriften in Zentralasien Ausnahmeerscheinungen, und die Münzkunde ist die beste Hilfsquelle. Die Zivilisationen offenbaren sich vor allem in ihren materiellen Überresten, nicht nur in den Perioden vor der Eisenzeit, sondern fast bis zum Ausgang der hellenistischen Epoche; dabei waren jene Gebiete vor der Kuschanzeit ein Teil des Achämenidenreichs, dann der Reiche Alexanders und der Seleukiden, und in ihnen hatte sich das Gräkobaktrische Reich konstituiert.*

Da die Archäologie Zentralasiens überwiegend »monumental« ist, haben sich ihre Methoden vor allem bei der Erforschung der Stadtstationen und der weiten Nekropolen vervollkommnet, die ein an tepe *(Hügeln) und* qal'a *(Festungen) reicher Boden in Fülle birgt. Die Anlage der Städte, der Grundriß der Festungen, die Anordnung der Heiligtümer, die Bautechniken, der reiche plastische und maleri-*

sche Schmuck werden hier mehr als anderswo zu wesentlichen Elementen, um in jeder Periode die gesellschaftliche Evolution, das wirtschaftliche Niveau, die kulturelle Entwicklung, die Berührungen und Wechselbeziehungen mit den Nachbarländern zu erfassen. Man verdankt den sowjetischen Gelehrten aufsehenerregende Entdeckungen: Afrāsiyāb, Nisa, Chalčajan, Toprak-Kala, Varachša: mehr als ein Jahrtausend Geschichte, von der Achämenidenzeit bis zur Epoche der Hephthaliten und Türken, ist in eindrucksvollen Spuren sichtbar, und bisweilen ereignet sich das Wunder einer materiellen Wiederauferstehung der Vergangenheit an einer Station, die, fast ganz erhalten, im Augenblick der arabischen Invasion verlassen und darauf bis auf unsere Tage vergessen war, wie an Pendschikent, unweit von Samarkand.

Die Ergebnisse *sind im ganzen von herausragender Bedeutung für die allgemeine Kulturgeschichte. Dieser wirtschaftliche Kreuzweg Zentralasien, am Rande der Reiche des Vorderen Orients, aber an der »Seidenstraße«, die vom Fernen Osten herkommt, sehr früh schon mit Indien in Verbindung, nach Norden jedoch zu den Steppen hin offen, stellt einen Glücksfall dar für jenen, der die Erscheinungen der Akkulturation, der Kontamination und des Synkretismus in ihrer ganzen Vielfalt ergründen will. In dem Maße wie die Archäologie ihre Kenntnisse über die ersten Ackerbaugemeinschaften vertieft, drängen sich Fragen über die Entstehung der Gesellschaftsstruktur auf, über die Entstehung der Klassen, über die ersten Hilfsmittel materiellen Fortschritts, über die Beziehungen zwischen Nomaden und Seßhaften, über die Folgen der Völkerwanderungen. In dem Grade wie überall so zahlreiche Zeugnisse für Monumentalkunst zutage gefördert werden, wollen die vereinfachenden Theorien über die Ausstrahlung der klassischen Hochkulturen und die Herausbildung »gemischter« Kunststile überdacht oder abgewandelt werden; auf jeden Fall erscheint die Bedeutung der Kuschanzeit für die Entwicklung der verschiedenen Kunstschulen Zentralasiens heute beträchtlich. Schließlich, in dem Grade wie sich das friedliche Zusammenleben verschiedener Religionen in den Stadtstationen der vorislamischen Zeit herausstellt, mit den daraus folgenden ikonographischen Kontaminationen und Synkretismen, fällt ein bemerkenswertes Licht auf die Toleranz im Altertum.*   J. M.

Zur Aussprache:	ā = langes a usw.
	č = Asch
	ḥ = ch wie in Bach
	š = sch
	ž = g wie in Genie

Wir möchten Herrn Boris B. Piotrovskij, Direktor des Eremitage-museums in Leningrad, für seine immerwährende Bereitwilligkeit, uns Rat und Beistand zu leisten, danken.

Unser Dank gebührt gleichfalls Herrn Boris Maršak, Kustos der Abteilung »Zentralasiatische Archäologie« im Eremitage-Museum, für die Hilfe, die er uns während der photographischen Aufnahmen für die Illustrationen gewährte.

Schließlich sind wir dem Archäologischen Institut der Akademie der Wissenschaften der UdSSR in Leningrad und dem Institut für Geschichte der Akademie der Wissenschaften der Tadschikischen SSR für die bereitwillige Zurverfügungstellung des von uns gewünschten Materials dankbar.

Einleitung

In der heutigen sowjetischen Literatur hat der geographische Ausdruck »Zentralasien« eine etwas andere Bedeutung als in Westeuropa: er bezieht das Gebiet der Republiken Ösbekistan, Tadschikistan, Türkmenien, Kirgisistan und den Südteil Kasachstans mit ein, schließt jedoch – im Gegensatz zum westeuropäischen Terminus – Ostturkestan, die Mongolei und Tibet aus.

Zentralasien ist ein Land schroffer geographischer Kontraste. Sein größter Teil wird von Hochgebirgssystemen oder weiten Wüsten eingenommen, die für die menschliche Besiedlung höchst ungeeignet sind. Allein die zahlreichen Flußtäler mit fruchtbarer Lößschicht sind seit ältester Zeit von einer seßhaften Bevölkerung besiedelt, und die Vorgebirge und Steppen bieten vortreffliche Bedingungen für die Viehzucht.

Die archäologischen Forschungen haben überzeugend bewiesen, daß der Mensch bereits im Paläolithikum in Zentralasien auftaucht und es seitdem kontinuierlich besiedelt.

Land und Ruinen

Die geographischen Verhältnisse Zentralasiens stimmen in vielem mit denen des Vorderen Orients überein; auch die kulturelle Entwicklung dieser Länder weist viele Gemeinsamkeiten auf. Vornehmlich der Mangel an Bauholz bedingte seit ältester Zeit die Verwendung des leicht formbaren Lößes beim Häuserbau, was seinerseits die gesamte archäologische Landschaft des Raumes prägte. Wenn die alten Siedlungen von ihren Bewohnern verlassen worden waren, verwandelten sie sich sehr schnell in scheinbare Hügel, die sich kaum von den natürlichen abhoben und oft mit dem

---

1 *Büste eines jungen Neandertalers. Tešik-Taš. Rekonstruktion von M. Gerasimov (Aufnahme: Institut für Archäologie, Leningrad)*

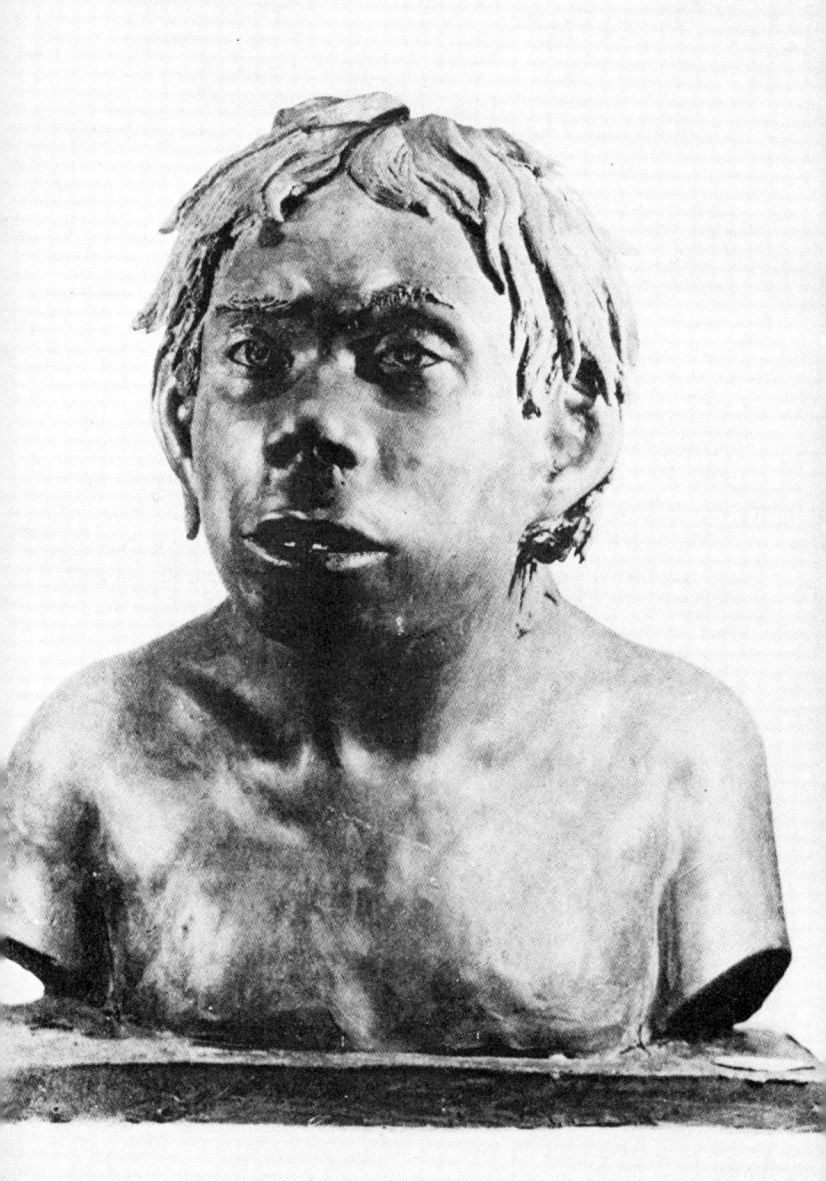

umliegenden Gelände verschmolzen. Nur im Westteil Zentralasiens, in den Wüstenzonen, hat die archäologische Landschaft einen bestimmten Charakter. In Choresmien und Südtürkmenien kann man die malerischen Ruinen alter Stadtmauern mit vorspringenden Türmen und die Überreste von Festungen sowie unbedeutenderen Bauwerken sich noch erheben sehen.

Die Einheimischen bezeichnen diese Ruinen als *tepe* [Hügel] oder *qal'a* [Festung]. Sie entsprechen den *tell* [Hügeln] Mesopotamiens; und der Ausdruck »*tell*« findet sich in der Tat gelegentlich auch in Zentralasien. Die ursprünglichen Namen dieser Siedlungen sind fast ausnahmslos in Vergessenheit geraten; den einzigen Hinweis auf ihr hohes Alter bieten ihre Namen, die oft Ausdrücke wie *kāfir* »Ungläubiger« oder *muġ* [dem Zarathustraglauben angehöriger »Magier«] enthalten oder auch die Namen mythischer Gestalten aus den Epen wie Afrāsiyāb oder Kay-Kubād šāh. Gewöhnlich jedoch sind ihre Namen, wie die meisten lokalen Ortsnamen, von der äußeren Beschaffenheit der Hügel abgeleitet und geben keinen Hinweis auf ihr Alter.

Das *tepe* oder *qal'a* ist das charakteristischste Denkmal menschlicher Siedlung in ganz Zentralasien. Im Semireč'e [dem Siebenstromland im Süden des Balchaschsees] wird auch häufig der Ausdruck *turtkul'* [= türkisch *törtkül* »Viereck (– Festung)«] verwandt.

In vielen Teilen Zentralasiens, besonders in den Vorgebirgsregionen, finden sich allgemein *Kurgane* (Künstliche Grabhügel oder Hünengräber); sie bilden oft Friedhöfe von beträchtlichem Ausmaß. Bei einigen dieser Nekropolen läßt sich ein bestimmtes Schema entdecken, insofern als die Hügel in Reihen oder Gruppen angeordnet sind, wobei aber der Grad der Regelmäßigkeit der Anordnung im einzelnen sehr schwankt.

Die ersten Grabungen

Die Denkmäler des Altertums in Zentralasien erweckten schon früh das Interesse russischer Gelehrter. Noch bevor Samarkand von den russischen Streitkräften erobert wurde (1868), entsandte

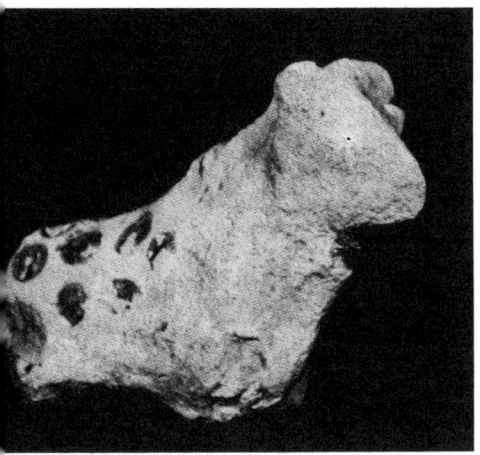
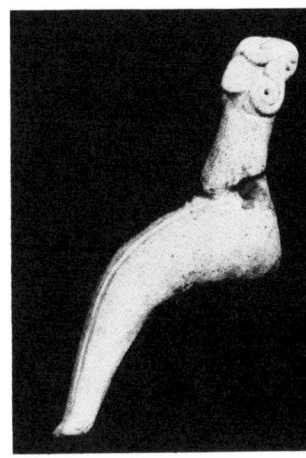

2 *Terrakottafigur: geflecktes Rind, Kara-Depe, 3. Jahrtausend v. Chr.*

3 *Terrakotta, sitzende Frau. Kara-Depe, 3. Jahrtausend v. Chr.*

die Kaiserliche Archäologische Kommission eine Expedition aus Sankt Petersburg unter der Leitung des Orientalisten und Münzforschers P. I. Lerch, der 1867 in der späten Siedlung Džankent im unteren Syr-Darja-Tal Grabungen durchführte. Die ersten Berichte über diese Grabungen erweckten übertriebene Erwartungen in Bezug auf die Fülle des zu erwartenden Materials: der bekannte Publizist V. V. Stasov prophezeite doch tatsächlich, daß die Station das »Pompeji Turkestans« sein würde, obwohl das sehr gewöhnliche dort gefundene Material keine Grundlage für Hoffnungen dieser Art bot.

Zentralasiens Baudenkmäler, besonders die von Samarkand, machten einen tiefen Eindruck auf das russische Publikum, weitgehend durch die Vermittlung der Gemälde des Künstlers Vasilij Vereščagin. Man interessierte sich auch für die ausgedehnte alte Station Afrāsiyāb bei Samarkand, auf die sich die Bemühungen der Archäologen nun hauptsächlich konzentrierten. Es erübrigt sich, die gesamte Geschichte der archäologischen Erforschung von Afrāsiyāb darzustellen; hier nur das folgende:

13

Die Ausgrabung begann 1875; und man darf sagen, daß sie mit langen Unterbrechungen bis zum heutigen Tage fortgesetzt worden ist.[1] Anfangs befand sich die Arbeit nicht in sehr kompetenten Händen, da sie von Offizieren der russischen Armee ausgeführt wurde, danach jedoch wurden die Grabungen durch den berühmten russischen Archäologen I. Veselovskij geleitet, und vom Beginn dieses Jahrhunderts an bis in die zwanziger Jahre wurde eine systematische Ausgrabung unter der Leitung von V. L. Vjatkin durchgeführt.

Mit dem Maßstabe der modernen Archäologie gemessen, waren die Resultate der Erforschung dieser sehr komplizierten Station jedoch unbefriedigend. Die angewandte Methode (Ziehung enger Gräben durch den Fundort) gab den Ausgräbern keine Möglichkeit, eine Vorstellung von den verschiedenen Bauschichten und deren Datierung zu gewinnen, d. h. die elementarsten Ziele archäologischer Forschung zu erreichen. Trotz ihrer Mängel waren die Ausgrabungen in Afrāsiyāb von Bedeutung: Glas, Keramik aller Art, einschließlich des hochwertigen glasierten Geschirrs, das als Afrāsiyāb-Geschirr bekannt ist, und zahlreiche kleine Terrakotten aus der vorislamischen Zeit.

Ein wichtiges Ereignis der frühen neunziger Jahre des 19. Jahrhunderts war die Erforschung der Ruinen der alten Stadt Merv. Diese waren Gegenstand einer Monographie von V. A. Žukovskij *Razvaliny starogo Merva* (Die Ruinen des alten Merv), einer wertvollen Studie, die reiches Material aus den schriftlichen Quellen zusammenstellte. Der archäologische Teil des Buches jedoch war auf eine Beschreibung der freiliegenden Überreste beschränkt.

Als das Gebiet besser bekannt wurde, wuchs das öffentliche Interesse an seinen Altertümern, und die ersten öffentlichen wissenschaftlichen Organisationen, die sogenannten »Zirkel der Liebhaber der Archäologie« taten sich auf. Die erste von diesen, 1894 in Taschkent gegründet, war eine sehr aktive Körperschaft, die bis 1916 existierte. Während dieser Jahre wurden zwanzig Nummern ihrer »Sitzungsberichte« veröffentlicht, die viele Artikel und Mitteilungen über Archäologie enthielten. Die interessantesten davon betrafen die für die zentralasiatische Archäologie so charakteristischen »Ossuarien« (Beinhäuser).

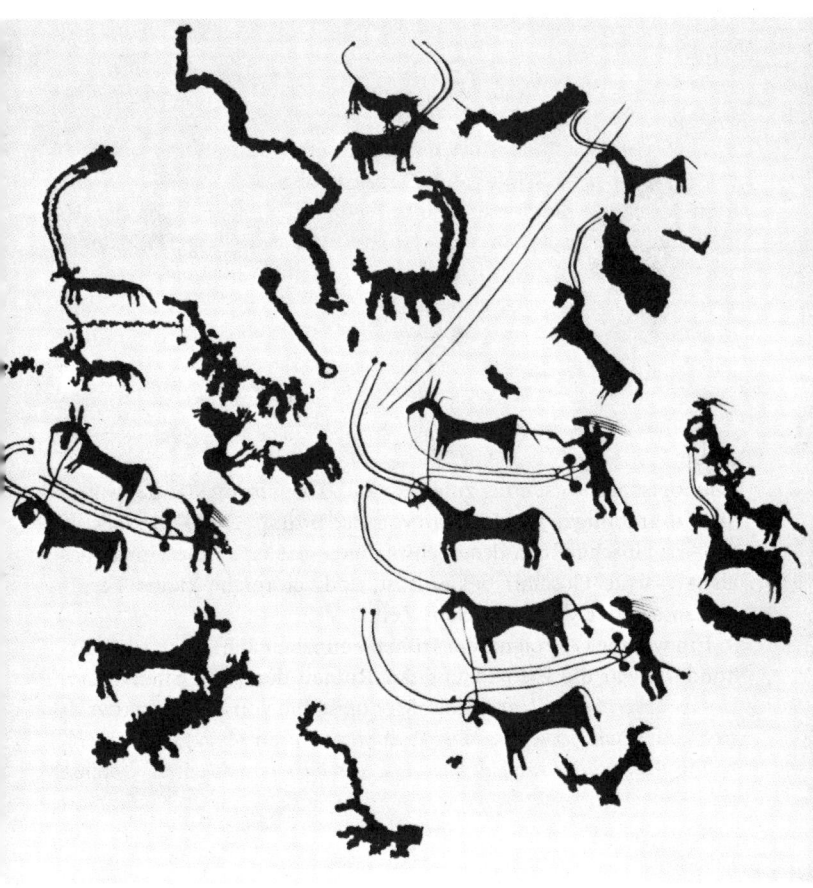

4 *Felsbilder (Zeichnung). Sajmaly-Taš (Ferghana). Bronzezeit. (Aufnahme: Institut für Archäologie, Leningrad)*

Die Archäologische Gesellschaft von Ašchabad war weniger aktiv; sie brachte nur zwei Nummern ihrer »Protokolle« heraus. Viele Städte eröffneten Museen, die das archäologische Material betreuten. Das 1896 gegründete Museum von Samarkand bot der umfangreichen Materialsammlung aus den Ausgrabungen von Afrāsiyāb II eine Heimstätte.[2]

In jedem Bericht über die archäologische Arbeit in Zentralasien vor der Oktoberrevolution müssen die Ausgrabungen der zwei Hügel bei Anau (unweit Ašchabad) erwähnt werden, die von einer amerikanischen Expedition der Universität von Philadelphia unter Leitung von R. Pumpelly (1904) und später von W. Schmidts Expedition (1905) durchgeführt wurden. An diesen Stationen wurden Überreste aus der Bronzezeit entdeckt; aber die Ausgrabungen waren nur eine Episode in der Geschichte der zentralasiatischen Archäologie und wurden viele Jahre lang nicht fortgeführt.

Die Grabungen seit 1917

Die tiefgreifenden gesellschaftlichen Umwälzungen im Gefolge der Oktoberrevolution spiegelten sich in der Umwandlung der archäologischen Organisation wieder. Spezielle Komitees mit Verantwortlichkeit für die Leitung der archäologischen Arbeit wurden von den neuen Kommissariaten für Volksbildung eingesetzt; ihre Hauptaufgabe war die Bewahrung und Restauration der zahlreichen freiliegenden Überreste des Mittelalters in Zentralasien.

Die zwanziger Jahre waren keine günstige Zeit für die archäologische Forschung im eigentlichen Sinne des Wortes, d. h. für die Feldforschung. Es sei jedoch verwiesen auf die Arbeit der Expedition des Moskovskij naučnyj centr (Moskauer Wissenschaftlichen Zentrums) unter B. P. Denike (1926–28 bei Termez) und auf die Ausgrabung (im Jahre 1928) einer Grabstätte im Siebenstromland aus dem ersten nachchristlichen Jahrhundert (M. V. Voevodskij, M. P. Grjaznov).

Ein neues Stadium der archäologischen Erforschung Zentralasiens begann in den dreißiger Jahren dieses Jahrhunderts. Zwei wichtige, fast durch Zufall gemachte Funde kündigten weitere Entdeckungen an und gaben der Entwicklung der Archäologie einen machtvollen Antrieb. Im Frühjahr 1932 wurden die ersten in Zentralasien gefundenen Dokumente in sogdischer Sprache in den Ruinen in der alten Festung Kala-i Mug in Serafschan-Bergkette

5 *Schale, bemalte Terrakotta. Geoksjur (Türkmenien), 4. Jahrtausend v. Chr.*

6 *Schale, Terrakotta. Kara-Depe, 4.–3. Jahrtausend v. Chr.*

entdeckt; und im Herbst desselben Jahres entdeckte man eine reliefierte Steintafel im Flußbett bei der kleinen Siedlung Ajrtam auf dem rechten Ufer des Amu-Darja. So ergab sich, daß der Boden Zentralasiens eine große Fülle von Denkmälern der fernen Vergangenheit barg, die nur durch geplante und systematische archäologische Forschung wiedergefunden werden konnten.

Diese Forschungen der dreißiger Jahre wurden durch Expeditionen durchgeführt, die von wissenschaftlichen Institutionen in Moskau, Leningrad und Taschkent organisiert worden waren. 1934 fand die Serafschan-Expedition unter Professor A. J. Jakubovskij statt; und 1936 nahm die Termez-Expedition unter der Leitung von M. E. Masson ihre Arbeit auf.

1937 begann die archäologische Erforschung Choresmiens unter der Leitung von S. P. Tolstov. Zur selben Zeit (1936–40) erforschte eine Reihe von Expeditionen unter A. N. Bernštam weite Gebiete im Siebenstromland und Südkasachstan. Von Beginn an waren die von diesen Expeditionen erzielten Ergebnisse eindrucksvoll, einige sogar sensationell (beispielsweise die Höhle von Tešik-Taš oder Varachša). Während des Zweiten Weltkrieges wurde das Ausmaß der archäologischen Arbeit in Zentralasien natürlich drastisch reduziert; jedoch müssen die interessanten, von Grabungen 1943–44 bei dem Wasserkraftwerk von Farchad (bei der Stadt Begovat, auf dem linken Ufer des Syr-Darja) erzielten Ergebnisse erwähnt werden, ebenso die der Ausgrabungen der Grabstätte von Širin-Saj und der Siedlung Munčak-Tepe unter der Leitung von V. F. Gajdukevič.

Nach dem Kriege wurde die archäologische Erforschung Zentralasiens in beträchtlich verstärktem Ausmaße wiederaufgenommen. Die Choresmische Expedition erweiterte den geographischen Bereich ihrer Arbeit durch die Einbeziehung des unteren Syr-Darja-Tals (Kasachstan). Zwei große ständige Expeditionen wurden wiederaufgenommen: die Tadschikische Expedition (anfangs als Sogdotadschikische Expedition bekannt) unter A. J. Jakubovskij und die Südtürkmenische Expedition unter M. E. Masson. In Kirgisistan und Südkasachstan führten Expeditionen unter A. N. Bernštam Grabungen durch.

In den vierziger und fünfziger Jahren wurden in allen Sowjetre-

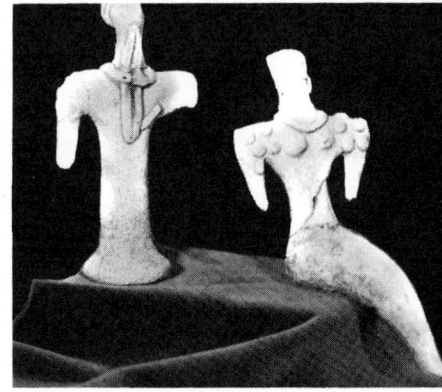

7 *Marmorfigur eines Stieres. Kara-Depe, 3. Jahrtausend v. Chr.*

8 *Terrakotten Kara-Depe, 4.–3. Jahrtausend v. Chr.*

publiken Zentralasiens Akademien der Wissenschaften gegründet, denen Historische Institute mit archäologischen Abteilungen angehörten. Aufgabe dieser Abteilungen war die methodische und systematische Erforschung der Altertümer auf dem gesamten Territorium der verschiedenen Republiken. Die Auswahl der Arbeitsstationen war in der Praxis oft von äußeren Umständen bedingt, z. B. von der Entwicklung von Bauprojekten. (Das sowjetische Recht auferlegt den für derlei Vorhaben, z. B. der Konstruktion eines Kanals oder einer Wasserkraftanlage verantwortlichen Behörden die Finanzierung der Untersuchung und Ausgrabung aller archäologischen Funde innerhalb des Baugeländes.)

Die heutigen Methoden

Um die grundlegenden historischen Probleme zu lösen, mit denen sie sich befaßt, muß die Archäologie neue Forschungsmethoden entwickeln. Die Auffassung von der Archäologie als einer Suche nach schönen und augenfälligen Gegenständen gehört der Ver-

19

10

9 *Vase, Terrakotta.*
   Tachirbaj-Depe,
   2. Jahrtausend
   v. Chr.

10 *Hellenistische*
   Kunst: Brust-
   schmuck, Silber,
   teilweise vergoldet.
   Podgornovka,
   Bezirk Starobel'sk,
   Kreis Charkov,
   3.–2. Jahr-
   hundert v. Chr.

11 *Achämenidische Kunst: Schale. Ostsibirien,*
   5.–4. Jahrhundert v. Chr.

11

gangenheit an. Die Archäologen von heute bemühen sich, ein Höchstmaß von Information aus dem untersuchten Material zu gewinnen. Die von de Morgan bei seinen Ausgrabungen in Susa angewandten Techniken beispielsweise – wo er, um die unteren präachämenidischen Schichten, nach denen er suchte, zu erreichen, alle Schichten darüber zerstörte – sind nicht mehr denkbar. Nicht mehr zu dulden sind auch die Methoden Sir Leonard Woolleys bei der Ausgrabung von Ur, wo er, wie er selbst mitteilt, um seine Arbeiter dahin zu bringen, ihm die im Laufe der Ausgrabung gefundenen Goldgegenstände auszuhändigen, genötigt war, ihnen höhere Preise zu bieten, als die Händler bereit waren zu zahlen; mit anderen Worten: die Grabungen wurden ohne genaue Beaufsichtigung durch ausgebildete Archäologen durchgeführt. Heutzutage sind die Ausgrabungen nach ganz anderen Prinzipien organisiert: in jeder Sektion der Station steht die Arbeit unter ständiger Aufsicht durch einen Archäologen oder wissenschaftlich-technischen Mitarbeiter. Der Umfang der Arbeiter und die Zahl der beschäftigten Arbeitskräfte hängt vornehmlich von der Zahl des ausgebildeten Aufsichtspersonals ab, das zwecks Überwachung und Aufzeichnung der Fortschritte der Arbeit verfügbar ist. Diese Erfordernis verlangsamt den Fortgang der Ausgrabung – und erhöht leider deren Kosten.

Daß die Grabungen eine Reihe von Jahren am selben Orte fortgesetzt werden, besonders auf Stationen mit einer langen Siedlungsgeschichte, ist ein charakteristischer Zug der modernen archäologischen Arbeit. Die Entdeckung von Kunstwerken wie Wandmalereien, Schnitzereien und Tonplastiken macht es notwendig, an Ort und Stelle für Möglichkeiten zur Konservierung und zur Vorbereitung eines Transports an ortsgebundene Restaurationswerkstätten zu sorgen. Die Geschichte der Archäologie verzeichnet allzu viele Fälle, wo Material dieser Art wegen des Mangels an erfahrener Pflege unwiederbringlich verlorengegangen ist. Ein modernes Beispiel dafür ist der Verlust der Wandmalereien von Susa; und in der Vergangenheit gibt es viele ähnliche Fälle. Die besten Ergebnisse sind erzielt worden durch die Konservierungstechnik, die in der Eremitage (Leningrad) durch den Künstler und Restaurator P. I. Kostrov und seine Kollegen entwickelt worden

12 *Felsbilder (Zeichnung). Sajmaly-Taš (Ferghana), Bronzezeit (Aufnahme: Institut für Archäologie, Leningrad)*

ist, eine auf der Verwendung eines farblosen synthetischen Harzes (Polybutylmetakrylat) basierende Methode.

Das Ausmaß, in dem die Grabungen durchgeführt worden sind, hat zur Ansammlung großer Mengen von Material geführt. Unter

23

13 *Parthische Kunst: Detail eines Rhyton aus Elfenbein, Mars darstellend. Nisa, 2.–1. Jahrhundert v. Chr.*

den Bedingungen Zentralasiens besteht dieses hauptsächlich aus Keramiken und den Überresten menschlicher und tierischer Knochen. Die Veröffentlichung dieses Materials in der üblichen Form eines Katalogs oder Verzeichnisses trägt wenig zur Förderung un-

14 *Räucherpfanne,*
Bronze. Kasachstan,
1. Jahrtausend
v. Chr.

15 *Geflügelter Löwe,*
Bronze. Semireč'e,
1. Jahrtausend
v. Chr.

16 *Schale, Terrakotta. Kara-Depe, 3. Jahrtausend v. Chr.*

serer Kenntnisse bei, und in praxi hat sich dieser große Vorrat an Material nicht als selbständige und für die Forschung aufschluß- reiche Quelle erwiesen. In den letzten Jahren sind jedoch einige vielversprechende Versuche unternommen worden, statistische Methoden bei der Untersuchung dieses Materials anzuwenden; sie haben Entdeckungen von weitreichender historischer Bedeutung ermöglicht. Die Verwendung von Computern für diesen Zweck ist gleichfalls geplant. Allgemein hat die Suche nach neuen Methoden der Archäologie in der Sowjetunion dieselbe Richtung eingeschla- gen wie in anderen Ländern.

26

Die archäologische Arbeit in Zentralasien ist durch die Verwendung von Luftaufnahmen sehr erleichtert worden, besonders in Gebieten, die jetzt unter dem Wüstensande liegen. Sie ist z. B. bei der Aufspürung alter Bewässerungssysteme besonders wirkungsvoll. Die Anwendung von Forschungsmethoden, die von den Naturwissenschaften entwickelt worden sind (Radiokarbondatierung, Pollenanalyse), ist zur normalen archäologischen Praxis geworden.

Folgende Seiten:

17 *Parthisch: Rhyton aus Elfenbein. Nisa, 2.–1. Jahrhundert v. Chr.*

18 *Parthisch: Rhyton aus Elfenbein. Nisa, 2.–1. Jahrhundert v. Chr.*

I Das Vorgeschichtliche Zentralasien

Das Paläolithikum

Ein kennzeichnender Zug der modernen Archäologie ist ihre Beschäftigung mit den Ursprüngen der menschlichen Zivilisation und den ältesten Stufen ihrer Entwicklung. In jedem Erdteil, in der Alten wie auch in der Neuen Welt, hat man bei der Untersuchung des Paläolithikums beachtliche Fortschritte erzielt und viele wertvolle Arbeiten auf diesem Gebiet publiziert.

Die Archäologie Zentralasiens steht in dieser Beziehung nicht zurück. Eine rege Suche nach Überresten des Paläolithikums in Zentralasien setzte in den dreißiger Jahren unseres Jahrhunderts ein und zeitigte alsbald bedeutsame Ergebnisse.

Tešik-Taš. Eine höchst bemerkenswerte Entdeckung wurde 1938 in den Bajsun-Bergen (südöstlich von Termez) gemacht, wo man die erste paläolithische (aus dem Moustérien stammende) Siedlungsstation in Zentralasien in einer Höhle bei Tešik-Taš fand. Die Entdeckung wurde von einheimischen Archäologen gemacht, und die Station wurde von A. P. Okladnikov ausgegraben, der damals noch am Beginn seiner Laufbahn als Erforscher der Altertümer Sibiriens stand.

Außer einer beträchtlichen Menge von Steinwerkzeugen und Tierknochen entdeckte man in der Tešik-Taš-Höhle auch das Skelett eines Knaben von 8 oder 9 Jahren *(Abb. 1)*. Er war unter dem Überhang der Höhle in einer flachen, mit Hörnern von Steinböcken [Capra Sibirica] bedeckten Grube bestattet worden. Von besonderem Interesse war der Schädel dieses Neandertalerknaben, der gut erhalten war. Dies war auf dem gesamten Territorium der Sowjetunion erst das zweite Mal, daß Überreste aus einer so frühen Zeit (30–40000 Jahre v. Chr.) ans Licht gekommen waren.

Dieser Fund erweckte lebhaftes Interesse in der gelehrten Welt. Nach den Worten des großen amerikanischen Forschers A. Hrdlička »halbiert die Auffindung den Abstand von den westli-

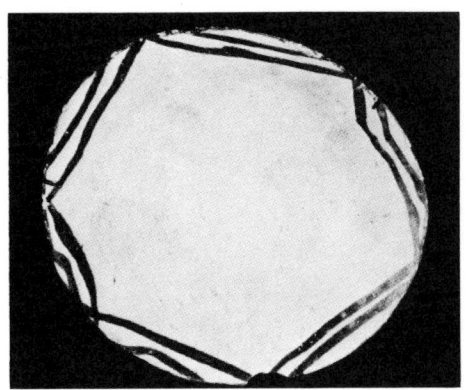

19 *Teller, Terrakotta.*
Kara-Depe,
3. Jahrtausend
v. Chr.

chen Neandertalern zum Pekingmenschen« (the discovery halves
the distance from the western Neanderthalers to Peking Man).[3]
Gewisse andere durch die Grabungen in der Tešik Taš-Höhle ge-
lieferte Fakten und Beobachtungen sind gleichfalls von hoher Bedeutung, z. B. der vorzüglich gebaute Steinherd am Eingang der
Höhle und die Tatsache, daß der Knabe sehr *sorgfältig* bestattet
worden war, was eine lebhafte Diskussion unter den Gelehrten
auslöste. Nach Meinung der Kompetentesten unter ihnen ist ein
Begräbnis dieser Art ein Beweis dafür, daß die Menschen dieser
Zeit bereits irgendeine Vorstellung von einem Leben nach dem
Tode entwickelt hatten.

Die Entdeckungen von Tešik-Taš gaben einen Anreiz zur weiteren Suche nach Überresten des Paläolithikums. Seitdem sind
viele ähnliche Stationen in Zentralasien gefunden worden, und die
Archäologen haben in allen zentralasiatischen Sowjetrepubliken
die Grabungen und Untersuchungen auf diesem Gebiet fortgeführt.

Aman-Kutan, Karatau, Zaraut-Saj. Die hier entdeckten paläolithischen Funde sind teils älter, teils jünger als die von Tešik-Taš.
Besprechen wir kurz die wichtigsten. Viele Jahre lang sind Grabungen unter der Leitung von D. N. Lev in einer großen Kalk-
steinhöhle (aus dem mittleren Paläolithikum) bei Aman-Kutan,

20 *Räucherpfanne, Bronze. Kasachstan, 1. Jahrtausend v. Chr. (?)*

45 km südlich von Samarkand, beim Tachta-Karača-Paß, im Gange gewesen. Nördlich von Čimkent, im Karatau-Gebirge, wurden Siedlungsstationen aus dem Jungpaläolithikum durch den jungen kasachischen Archäologen Ch. Alpysbaev entdeckt.

Außer diesen Siedlungsstationen sind einige interessante Felszeichnungen aus derselben Periode entdeckt worden, beispielsweise bei Zaraut-Saj im Baba-Tag-Gebirge, 100 km östlich von

Termez. Das sind über 200 Zeichnungen in rotem Ocker mit Tierdarstellungen; die interessanteste stellt eine Szene dar, wie in Felle gekleidete Jäger Wildstiere mit Pfeil und Bogen erlegen. Aus einer früheren Periode stammen die Zeichnungen in der Šachty-Höhle in Pamir, die V. A. Ranov entdeckt hat. Auch sie enthalten eine Jagdszene, wobei der Jäger als Vogel verkleidet ist. Interessant ist dabei, daß seine Pfeile entweder auf dem Körper des Tieres oder in nächster Nähe davon erscheinen. Ranov vergleicht diese Malereien mit den bekannten Tierzeichnungen an den Wänden der paläolithischen Grotte (Niaux, Dépt. Ariège in Südwestfrankreich).

Bilder dieser Art sind mit den frühesten Formen der Magie verknüpft.

Jahr für Jahr finden die Archäologen neue paläolithische Siedlungsstationen, die bestätigen, daß Zentralasien bereits viele Jahrhunderte vor unserer Zeitrechnung von Menschen besiedelt worden ist; und dabei ist diese Vorstellung vor noch gar nicht so langer Zeit von vielen Gelehrten abgelehnt worden.

21 *Schale, Terrakotta. Kara-Depe, 3. Jahrtausend v. Chr.*

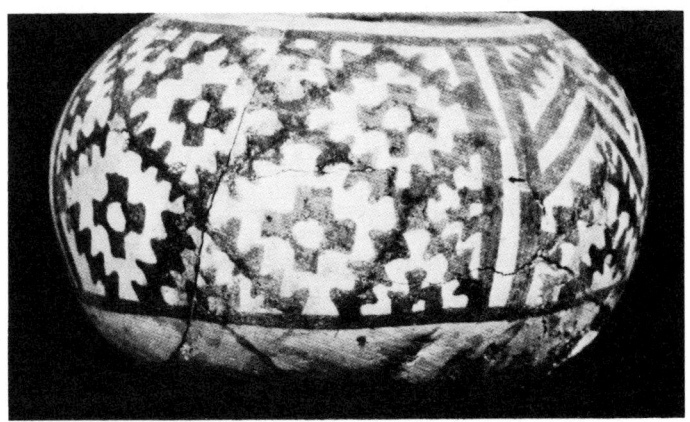

Das Mesolithikum

Zwischen dem Paläothikum und dem Neolithikum setzen die Archäologen heute eine Zwischenperiode an, das Mesolithikum oder die mittlere Steinzeit, die von großer Bedeutung in der Entwicklung der primitiven Gesellschaft, vornehmlich des Vorderen Orients, ist. Diese Periode ist von relativ kurzer Dauer, sie umfaßt nur wenige Jahrtausende. Ihr Beginn wird etwa um das 10. Jahrtausend v. Chr. angesetzt. Einen bedeutsamen Fortschritt im Mesolithikum stellt die Erfindung des Bogens dar; die Menschen dieser Periode lernten auch, fein geformte steinerne Pfeilspitzen herzustellen. Dieser neuen Fernwaffe war eine lange und erfolgreiche Laufbahn beschieden, erst im späten Mittelalter wurde sie durch die Feuerwaffen ersetzt.

In manchen Teilen des Vorderen Orients begnügte sich der Mensch in den frühen Stufen des Neolithikums nicht mehr mit den Nahrungsvorräten, die ihm die Natur bot, den wilden Tieren, die er jagte, und den wilden Pflanzen, die er erntete, sondern begann nützliche Getreidearten anzupflanzen und bestimmte Tiere zu zähmen. Dieser Prozeß – die Anfänge von Ackerbau und Viehzucht – führte zu einschneidenden Veränderungen in der gesamten Struktur und Lebensform der menschlichen Gesellschaft. Die sich mit Zentralasien befassenden Archäologen widmen dieser Periode, die sie als den Übergang zwischen einer Nahrung sammelnden und einer Nahrung produzierenden Wirtschaftsform betrachten, viel Aufmerksamkeit.

Das Neolitkum und die Bronzezeit

Innerhalb des Gebiets von Zentalasien wurden die günstigsten natürlichen Bedingungen für einen Übergang dieser Art in Südtürkmenien gefunden. Die Entdeckungen in diesem Raume, die aus der

22 *Schale, Terrakotta. Kara-Depe, 3. Jahrtausend v. Chr.*

23 *Schale, Terrakotta (Ausschnitt). Kara-Depe, 3. Jahrtausend v. Chr.*

Übergangszeit stammten, und in noch höherem Maße die aus der folgenden Periode, die als eine auf Ackerbau beruhende und bereits Bronzezeit-Charakteristika zeigende Zivilisation einen hohen Stand erreichte, nehmen zu Recht nicht nur in der Archäologie Zentralasiens, sondern des gesamten Vorderen Orients eine hervorragende Stellung ein.

Anau. Die Erforschung dieser Kulturen begann bereits 1904–5 mit der Ausgrabung zweier Hügel bei dem *aul* (Dorf) Anau, 12 km südöstlich von Ašchabad. Die von einer amerikanischen Expedition unter R. Pumpelly durchgeführten Grabungen boten seinerzeit zu einigen ziemlich übertriebenen Behauptungen Anlaß. Eine Zeitlang wurde die Anau-Kultur als die vielleicht älteste Ackerbaukultur der Welt betrachtet, während Südtürkmenien für das älteste Entwicklungszentrum kultivierter Weizenarten erklärt wurde.

Die Überschätzung der Bedeutung von Anau rührte von einer unrichtigen, nämlich unangemessen frühen Datierung der Stationen her (9. Jahrtausend), die ihrerseits auf unzulängliche Grabungstechniken zurückzuführen ist. Die engen Gräben, die durch die Hügel gezogen wurden, erlaubten den Ausgräbern nicht, die Schichten mit ausreichender Genauigkeit zu bestimmen, ganz abgesehen von der Tatsache, daß sie viele wichtige Details übersahen. Tatsächlich waren vom Gesichtspunkte der zentralasiatischen Archäologie aus die Ausgrabungen von Anau von rein episodischer Bedeutung, und nachdem die amerikanische Expedition ihre Untersuchung beendet hatte, wurden die Arbeiten nicht wieder aufgenommen.

Die systematische Erforschung der mesolithischen, neolithischen und bronzezeitlichen Kulturen begann tatsächlich nicht vor den dreißiger Jahren und wurde nach dem Zweiten Weltkrieg intensiv fortgeführt. Wir wollen die wichtigsten Entdeckungen auf diesem Gebiet kurz besprechen.

Die Höhle von Džebel. 1938 wurde eine Höhle in den Džebel-Hügeln bei Krasnovodsk am Westrande Türkmeniens ausgegraben, die in ihren aufeinanderfolgenden Schichten einen gradweisen Übergang vom Mesolithikum zum frühen Neolithikum zeigte. Mittels Radiokarbondatierung wurde das Alter der spätesten

24 *Schale, Terrakotta. Kara-Depe, 3. Jahrtausend v. Chr.*

Phase auf das 5. und 6. Jahrtausend angesetzt, dementsprechend wurde die darunter befindliche mesolithische Siedlung etwas früher datiert. Auf diese Weise hat das bei Džebel gefundene Material eine chronologische Norm zur Datierung anderer Stationen aus denselben Perioden geschaffen, von denen man in den letzten Jahren in Südtürkmenien eine große Anzahl entdeckt hat. Die Ausgrabungen bei der Höhle von Džebel haben es auch ermöglicht, Beziehungen herzustellen zwischen den mesolithischen und frühneolithischen Kulturen Türkmeniens und ähnlichen Überresten im kaspischen Gebiet Irans und in einem so entfernten Lande wie Palästina.

37

Džejtun. Mit dieser Station verbindet man heute die Kultur der ältesten Ackerbauern Zentralasiens. Das Verdienst ihrer Entdeckung gebührt A. A. Maruščenko, einem Archäologen, dem wir die Auffindung vieler alter Stationen in Südtürkmenien zu verdanken haben. Džejtun liegt auf einem niedrigen Hügel 30 km nordwestlich von Ašchabad und ist heute von den Sandhügeln der Kyzyl-Kum-Steppe umgeben. Die Ausgrabung der Station, die ein Areal von etwa 4000 m² einnimmt, wurde von B. A. Kuftin eingeleitet und durch V. M. Masson abgeschlossen, der jetzt einer der aktivsten Vertreter der zentralasiatischen Archäologie ist. Hier wurden 35 einzelne Wohnhäuser ausgegraben, die aus runden Blöcken sonnengetrockneten Lehms erbaut waren, den Vorläufern der Luftziegel, die viele folgende Jahrhunderte hindurch das Hauptbaumaterial Zentralasiens sein sollten. Die Häuser waren von geringen Ausmaßen, jedes bestand aus einem einzigen Zimmer, das bis zu 20 m² groß war.

Bei Džejtun überwiegt noch eine neolithische Feuersteinindustrie. Zu den interessantesten der vielen auf der Station entdeckten Flintwerkzeuge gehören die aus einseitig geschärften Spänen bestehenden Klingen, die in knöcherne Sicheln eingelassen waren. Die Funktion dieser Geräte ergab sich aus der Entdeckung der Sicheln selbst und aus vielen Abdrücken von Weizen- und Gerstenkörnern in dem Lehm, aus dem die verschiedenartigsten Gefäße geformt waren. Die Ausgräber fanden auch Steinhandmühlen, die benutzt wurden, um Korn zu Grieß oder Mehl zu zermahlen. Die Keramik wurde ohne die Benutzung einer Töpferscheibe von Hand gefertigt, zeigte jedoch bereits eine primitive Art von Dekoration in Form von ockergefärbten Parallellinien.

Die bei den Ausgrabungen gefundenen Tierknochen sind von hohem Interesse. Sie zeigen, daß der Prozeß der Zähmung gewisser Tiere, wie des Schafs, bereits begonnen hatte; jedoch spielte die Jagd noch eine große Rolle.

Džejtun ist heute als der älteste Beleg für eine Ackerbauzivilisation in Zentralasien anerkannt, in seinem Kulturniveau ist es so bekannten Stationen wie Djarmo in Nordwestiran und al-'Ubaid (el-Obeid) in Südmesopotamien vergleichbar.

Namazga-Depe, Geoksjur, Kara-Depe. Diese Stationen sind

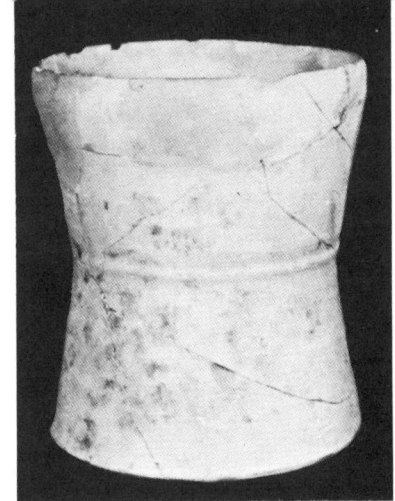

25 *Vase, Terrakotta. Jaz-Depe, 6.–4. Jahrhundert v. Chr.*

26 *Topf, Terrakotta. Kara-Depe, 3. Jahrtausend v. Chr.*

27 *Schale, bemalte Terrakotta. 5.–3. Jahrhundert v. Chr.*

charakteristisch für die späten Entwicklungsstufen der Ackerbaukulturen und stammen bereits aus dem Chalkolithikum (Äneolithikum) und der Bronzezeit. Sie sind keineswegs die einzigen bekannten Stationen, jedoch die am gründlichsten erforschten. Ihre
Entdeckung und Ausgrabung ist das Werk einer großen Zahl von
Archäologen der älteren wie auch der jüngeren Generation gewesen.

Namazga-Depe ist ein großer, eine Fläche von über 70 ha ein-
nehmender Hügel in der Nähe des Bahnhofs von Kaachka, südöstlich von Aschabad. Es wurde in den zwanziger Jahren von einem
Bewässerungsingenieur, D. D. Bukinič, erforscht, der seine hervorragende Bedeutung nachzuweisen vermochte. Bukinič wandte
seine besondere Aufmerksamkeit den Bewässerungsmethoden der
frühen Ackerbauern Südtürkmeniens zu und konnte sogar ein

Schema von aufeinanderfolgenden technischen Verbesserungen herausfinden. So war der älteste Typ des Bewässerungsanbaus die als Gezeiten-, Mündungs- oder *liman*-Bewässerung bekannte Methode, wobei das Getreide an den Mündungen von Bergflüssen ausgesät wurde. Während der jahreszeitlich bedingten Hochwasserperioden bildeten sich Schlammflächen *(liman)*, in die das Getreide gesät wurde. Auf einer späteren Stufe wurde der Wasserlauf mittels Deichen oder Dämmen reguliert; noch später kam schließlich der Bau von Bewässerungskanälen auf.

1949–50 wurden die oberen Schichten von Namazga-Depe von B. A. Litvinskij ausgegraben. Die Grabungen lieferten große Mengen Material, vornehmlich Buntkeramik, und enthüllten den Grundriß eines großen Gebäudes.

1952 wurden Namazga-Depe und eine Anzahl weiterer Stationen von dem bekannten Experten der Bronzezeit in Transkaukasien, B. A. Kuftin, untersucht, der eine Klassifikation der aufeinanderfolgenden Entwicklungsstufen des Äneolithikums und der Bronzezeit vorschlug. Diese Klassifikation, Namazga-Depe I–VI, ist heute von den Archäologen als die chronologische Norm für diese Perioden akzeptiert.

Ergebnisse von hervorragender Bedeutung wurden bei Grabungen in zwei anderen Stationen, Kara-Depe und Geoksjur, erzielt, die den Gipfelpunkt der prähistorischen Ackerbauzivilisation Südtürkmeniens darstellen.

Die Ausgrabung von Kara-Depe, einem Hügel in der Nähe des Bahnhofs von Artyk, unweit von Ašchabad, wurde 1952 von B. A. Kuftin begonnen. Nach seinem tragischen Tode 1953 wurde die Arbeit von V. M. Masson, I. N. Chlopin und V. I. Sarianidi fortgeführt. Die Grabungen dauerten mehrere Jahre an und zeigten, daß der Hügel von einer ausgedehnten, blühenden, ein Gelände von etwa 15 ha bedeckenden Siedlung eingenommen war, die vom 4. bis zur Mitte des 3. Jahrtausends, d. h. vom Äneolithikum bis zur hohen Bronzezeit, bestanden hatte.

Dieselben Archäologen untersuchten die ähnliche Station von Geoksjur,[4] 20 km von der Stadt Tedžen, 100 km von Kara-Depe entfernt. Zusammengenommen erbrachten die beiden Stationen eine Fülle von Material, welche die Ausgräber instand setzte, ein anschauliches und umfassendes Bild der Kulturentwicklung während dieser Periode zu zeichnen und Südtürkmenien unter jene Zivilisationen des Alten Orients einzureihen, die oft als die Buntkeramikkulturen zusammengefaßt werden.

Es ist nicht die Aufgabe dieser Untersuchung, einen detaillierten Bericht über alle Ausgrabungsergebnisse dieser Stationen zu erstatten, sie seien jedoch in knapper Form aufgezählt. In jener Periode wurden Ackerbau und Viehzucht zur Grundlage der Wirtschaft. Der Ackerbau hing von einem geschickt regulierten System künstlicher Bewässerung ab, welches die Anlage eines ausgedehnten Netzwerkes von Wasserkanälen bedingte, und die Viehzucht entwickelte sich beträchtlich. Die Herden bestanden aus großen Mengen von Rindvieh, daneben Kleinvieh. Metall kam in allgemeinen Gebrauch; es wurde bei der Herstellung von Werkzeugen, Geräten, Waffen, Schmuck usw. verwandt. Gegen Ende der Bronzezeit nahmen die Metallbearbeitungstechniken einen großen Aufschwung.

Die menschlichen Siedlungen vergrößern sich nun beträchtlich. Stabile gerade Luftziegel, aus Lehm mit einer Beimischung von Stroh hergestellt, wurden das Hauptbaumaterial. Häuser mit vielen Zimmern, die für verschiedene Zwecke bestimmt waren, wurden nach einem sorgfältig ausgearbeiteten Plan gebaut. Die Siedlungen waren insofern mit einiger Regelmäßigkeit angelegt, als die Häuser in durch Straßen getrennte Gruppen angeordnet und von Mauern aus Stampflehm umschlossen waren – die ersten Anfänge von Schutzwällen.

Das farbenreichste Material dieser Zeit ist die sehr hübsche Buntkeramik *(Abb. 5, 6, 9, 16, 19, 21–24, 26, 29)*. Ihre Anfänge sind schon unter Džejtun erwähnt worden. Auf ihren späteren Stufen wurde der Dekor sorgfältiger, sowohl im Ornament als auch in der Farbgebung. Die besten Exemplare dieser Keramik erreichen echte künstlerische Qualität

Die Experten unterscheiden verschiedene aufeinanderfolgende Stile der Buntkeramik. Die monochrome Keramik zeigt eine Vielfalt geometrischer Ornamente, jedoch finden sich auch häufig Darstellungen von wilden Tieren *(Abb. 23, 24)* und Vögeln. Die polychrome Keramik weist Gefäße auf, die mit geometrischen Or-

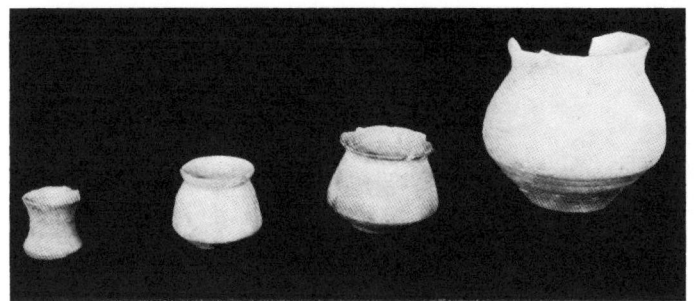

28 *Töpfe, Terrakotta. Jaz-Depe, 6.–4. Jahrhundert v. Chr.*

29 *Schale, Terrakotta. Tachirbaj-Depe, 2. Jahrtausend v. Chr.*

30 *Dolchgriff, Bronze. Sakengräber, Pamir, 6.–4. Jahrhundert v. Chr. (Aufnahme: Institut für Archäologie, Leningrad)*

namenten verziert sind, welche sowohl durch ihren Farbenreichtum als auch durch ihre vollendete Zeichnung bemerkenswert sind. Zu beachten ist, daß die Zeichnung von Hand ausgeführt ist, ohne Verwendung von Schablonen oder Vorlagen. Zur selben Zeit weist die technische Fertigkeit der Töpfer einen merklichen Fortschritt auf. Es waren Brennöfen entwickelt worden, in denen das Brennen bei einer Temperatur bis zu 1200° C durchgeführt wurde.

Es finden sich auch Skulpturen sowie Statuetten von Tieren, die trotz ihrer primitiven Qualität von bemerkenswerter Ausdruckskraft sind *(Abb. 2, 7)*.

Das gesamte bei den Ausgrabungen gewonnene Material bezeugt, daß diese Gemeinschaften imstande waren, einen Überschuß von Produkten anzuhäufen, der die Entwicklung des Handels anregte und infolgedessen zu vermehrten kulturellen Wechselbeziehungen zwischen verschiedenen Teilen des Vorderen Orients, sogar zwischen beträchtlich voneinander entfernten Gebieten, führte.

Es gibt viele Hinweise auf eine erhöhte Bevölkerungszuwachsrate; diese wiederum führte zu den ersten Ansätzen von Wanderungsbewegungen.

Der hohe von der Zivilisation der Bronzezeit erreichte Stand wird besonders augenfällig auf der Entwicklungsstufe, der die oberen, zwischen 2400 und 1700 v. Chr. zu datierenden Schichten (Namazga-Depe IV und V) angehören.

Auf dieser Stufe wurden weitere Fortschritte in Viehzucht und Ackerbau erzielt. Die Techniken künstlicher Bewässerung verbesserten sich beträchtlich, und in dieser Periode scheinen auch der Pflug sowie zwei- und vierrädrige Fahrzeuge angefertigt worden zu sein. Auch gehört ihr die Erfindung der Töpferscheibe und ein wichtiger Fortschritt in der Brenntechnik an: der zweischichtige Brennofen. Die damals erzeugte Keramik weist klar auf eine berufsmäßige Gütererzeugung mit einer ausgesprochenen Tendenz zur Massenproduktion und einer konsequenten Vereinfachung und Standardisierung des Produkts. Die prachvolle Buntkeramik tritt allmählich zurück und wird durch andere Geschirrtypen verdrängt, die aus Stein und Metall hergestellt waren. Eine Untersuchung der Siedlungsanlage zeigt, daß in der Bronzezeit die ver-

31 *Yak, Bronze. Kirgisien, 1. Jahrtausend v. Chr.*

schiedenen Gewerbe schon jeweils in ihren eigenen besonderen Bezirken untergebracht waren.

Derselbe Übergang zum Berufshandwerk findet sich bei Metallbearbeitung, Webkunst und anderen Produktionsformen. Unter den auf Namazga IV und V-Stationen gefundenen Gegenständen sind die tönernen und steinernen Siegel von besonderem Interesse. Sie weisen auf eine Entwicklung des Privateigentums und eine ungleiche Verteilung der Güter, und dies wird durch eine andere bedeutsame Beobachtung bestätigt: es finden sich jetzt einzelne Gräber, die beachtliche Mengen von Grabbeigaben enthalten, eine in früheren Perioden unbekannte Erscheinung.

All diese Prozesse spiegeln bedeutsame Wandlungen in der Gesellschaftsstruktur wieder, die Anfänge einer sozialen Differenzierung der Gesellschaft lassen sich darin klar verfolgen.

Man muß jedoch beachten, daß die von uns diskutierten Entwicklungen, wie eine Anzahl von Spezialuntersuchungen (Gordon Childe, V. M. Masson) beweist, durchaus nicht im gesamten Vorderen Orient im gleichen Tempo voranschritten. In einigen Gebieten ging die Evolution sehr rasch vonstatten und führte zur Entstehung einer neuen städtischen Zivilisation: Childes »urban revolution« (städtische Revolution), gekennzeichnet durch das

Erscheinen von Städten in Südmesopotamien, Indien und Ägypten. Mit dem Aufstieg der Städte wurde die Ungleichmäßigkeit der Entwicklung noch krasser, sowohl auf kulturellem als auch auf gesellschaftlichem und wirtschaftlichem Gebiet. In den städtischen Zivilisationen kommt die Schreibkunst auf, und wir erfahren aus den schriftlichen Quellen über die ersten Formen der Staatsorganisation.

Südtürkmenien war gewiß an der Schwelle zu diesem Stadium, jedoch fand hier die Entstehung einer städtischen Zivilisation und die Entwicklung der Staatsorganisation zu einer viel späteren Zeit statt.

In den letzten 30 Jahren sind die Archäologen auch in anderen Teilen Zentralasiens tätig gewesen. Ihre Arbeit hat gezeigt, daß die Bedingungen, unter denen die neolithischen und bronzezeitlichen Kulturen in diesen Gebieten sich herausbildeten, sehr verschieden von denen Südtürkmeniens waren und daß folglich der allgemeine Charakter dieser Kulturen ebenfalls substantiell verschieden war.

32 *Geflügelter Löwe, Bronze. Semireč'e, 1. Jahrtausend v. Chr.*

Neolithikum und Bronzezeit in Choresmien. Die neolithische Kultur Choresmiens ist als die Kel'teminar-Kultur bekannt, ein von S. P. Tolstov nach dem Namen eines Dorfes beim Fundort eingeführter Terminus. Der Name der Station selbst jedoch – der ersten neolithischen Siedlungsstation, die in Choresmien erforscht wurde – ist eigentlich Džanbas-Kala IV. Die hier gefundenen Tierüberreste zeigen, daß die Hauptbeschäftigungen der Bewohner

33 *Opferschale, Bronze, 1,10×1 m. Alma-Ata (Kasachstan), 6.–4. Jahrhundert v. Chr.*

Jagd und Fischfang waren. Sie lebten in großen Hütten mit einer Fläche von etwa 300 m², die mit Binsen gedeckt waren und von denen eine jede einer Großfamilie von über 100 Menschen Raum gewährte. Das sehr vielfältige auf der Station gefundene Material schloß Werkzeuge aus Stein (Flint) und Knochen sowie Bruchstücke von rundbödigen Tongefäßen mit eingeprägten und -geritzten Ornamenten ein.

Die charakteristische Bronzezeitkultur ist die Tazabagjab-Kultur, die sich auf vielen Stationen findet. Die aufschlußreichste Bronzezeitstation in Choresmien ist die als Kokča III bekannte Siedlungsstation, wo man ein Grab aushob, das interessantes anthropologisches und kulturelles Material erbrachte. Die Toten waren in gekrümmter Stellung in Gruben bestattet, die aus dem Boden ausgehoben worden waren. Oft waren sie paarweise begraben, wobei sich ein Mann und eine Frau gegenüberlagen. Verschiedene Grabgüter waren den Toten beigegeben. Die Keramik bestand hauptsächlich aus Kochtöpfen, die mit einfachen Ornamenten verziert waren, gewöhnlich eingeritzten, in der Form von geraden oder Zickzacklinien oder einfachen geometrischen Figuren (Dreiekken). Die Bronzegegenstände umfaßten Ahlen, Anhänger, Armringe und anderen Schmuck.

Die Bewohner dieser Siedlung lebten in halbunterirdischen Höhlen mit Dächern, die von Pfosten getragen waren. Ihre Hauptbeschäftigungen waren Ackerbau, beruhend auf künstlicher Bewässerung, und Viehzucht (Rindvieh, Pferde und kleinere Haustiere).

Die Hissar-Kultur. So heißt eine neolithische Kultur, die in den Berggebieten Südtadschikistans weit verbreitet ist. Die meisten der bisher bekannten Stationen wurden von V. A. Ranov ausgegraben. Das hier gefundene Material besteht zur Gänze aus Stein (hauptsächlich aus einem grauen Konglomerat mit einer kleinen Menge Flint). Die Wohnungen sind schwer ausfindig zu machen. In einigen Stationen sind Fußbodenflächen entdeckt worden, die mit einer Mischung von Gips und Asche bestrichen waren und in denen sich die Böden großer Tongefäße befanden. Die Hauptbeschäftigung der Bewohner war die Jagd, jedoch finden sich auch Spuren einer primitiven Form von Ackerbau.

34 *Hellenistische Kunst: Rhyton aus Silber, teilweise vergoldet. Kreis Poltava, 3. Jahrhundert v. Chr.*

Verwandte, der Hissar-Kultur in mancher Hinsicht ähnelnde Kulturen sind auch in den nordöstlichen Teilen Zentralasiens, bis zum Siebenstromland hin, gefunden worden.

Die Bronzezeitkultur von Kajrakkum. Viele zu dieser Kultur gehörende Stationen sind auf dem linken Ufer des Syr-Darja, an der Westgrenze Ferghanas, gefunden worden. Die Kultur wurde 1955–56 von B. A. Litvinskij, A. P. Okladnikov und V. A. Ranov erforscht. Von den Wohnstätten selbst konnten nur einige Spuren identifiziert werden, jedoch wurde eine Fülle interessanten und bedeutsamen Materials gefunden. In einigen Fällen nahmen die Siedlungen eine sehr weite Fläche ein, bis zu 10 ha, die meisten waren jedoch ½ bis 3 ha groß. Die Ausmaße der Häuser konnten nach der Lage der Herde bestimmt werden; sie erreichten eine Länge von 20 m, bei einer Breite von 15 m. Die Bewohner lebten von Ackerbau und Viehzucht, aber auch Jagd und Fischfang gehörten zu ihrer Wirtschaftsform.

Ihre Haustiere bestanden aus Rindvieh, Schafen und Pferden. Daß sie Getreide anpflanzten, geht aus der großen Zahl von Handmühlen hervor, die man gefunden hat. Die bemerkenswert feinen Gußformen und Bronzgegenstände, die sich gleichfalls fanden, zeugen von dem hohen Entwicklungsstand der örtlichen Bronzeverarbeitung, die durch die Nähe von Kupfererzlagern begünstigt war. Offenbar befaßte sich ein beträchtlicher Teil der Bevölkerung mit Bergbau, und die hier erzeugten Produkte stellten ein Tauschobjekt dar.

Allerlei interessante Töpferwaren wurden hier gefunden, oft um eine mit Sand gefüllte Stoffschablone geformt, von der Spuren auf der Innenfläche blieben. Die Keramik wurde auf verschiedene Weise verziert; mit einem sägeartigen Stempel oder mit eingeritzten linearen Ornamenten.

Die im Kajrakkum-Gebiet entdeckten Gräber zeigten, daß die Toten in mit Steinplatten eingezäunten Gruben bestattet wurden.

Die Čust-Kultur (Ferghana). Das Ferghana-Tal ist von den Archäologen in den letzten dreißig Jahren intensiv erforscht worden und ist nunmehr eines der bestbekannten Gebiete Zentralasiens, vornehmlich was die prähistorische Zahl betrifft. Die Grundlagen zur Erforschung der Bronzezeitkultur in Ferghana wurden von

35 *Gräkobaktrisch: Tasse aus Silber. Pokrovka (Semireč'e, Nordkirgisien), gegen 6.–7. Jahrhundert n. Chr.*

B. A. Latynin in den dreißiger Jahren gelegt, eine Zahl von Archäologen arbeitet gegenwärtig in diesem Gebiet.

Von den hier entdeckten Bronzezeitstationen ist die große nach dem Dorfe Čust benannte Siedlung von besonderem Interesse. Sie wurde von E. Voronec entdeckt und wird von I. V. Siriševskij ausgegraben. Eine andere, derselben Kultur angehörende Siedlung bei Dal'verzin wird von J. A. Zadneprovskij erforscht. Ersterer nimmt eine Fläche von etwa 8 ha ein, letztere eine solche von etwa 20 ha.

Die Siedlung Dal'verzin besaß bereits einen mächtigen, teilweise aus Luftziegeln erbauten Schutzwall. Die Häuser waren über der Erde gebaut, aber ihre Anlage ist noch nicht vollständig geklärt worden.

Daß der Ackerbau die Hauptbeschäftigung der Einwohner war, geht aus den aufgefundenen Samen von Kulturpflanzen und aus verschiedenen Geräten, vornehmlich Sicheln, hervor. Die Viehzucht spielte in der Wirtschaft eine beträchtliche Rolle: die Ausgräber fanden Knochen von Rindvieh, Schafen und Ziegen, Pferden, Schweinen, Eseln und Hunden.

Die Werkzeuge und Geräte waren aus Bronze, Stein (die Sicheln) und Knochen hergestellt. Viele zur Weberei gehörende Gegenstände fanden sich.

Die Keramik von Čust verdient großes Interesse, da sie eine bemerkenswerte Vielfalt von Formen zeigt. Neben gewöhnlichem Hausrat umfaßte sie prachtvolles dünnwandiges Tafelgeschirr *(Abb. 49)*. Dieses war mit einem roten Slip bedeckt und wurde nach der Glasur mit einem Muster in Schwarz verziert, gewöhnlich in Gestalt von querschraffierten Dreiecken, zuweilen jedoch in verschiedenartigen Spiralformen.

Die Zaman-Baba-Kultur. In den letzten Jahren ist von J. G. Guljamov im unteren Serafschan-Tal, im Westteil der Kyzylkum-Wüste, eine Bronzezeitkultur entdeckt worden. Sie ist als Zaman-Baba-Kultur bekannt, nach dem Namen der Station, wo sie gefunden wurde. Diese Kultur wird durch die Überreste von Wohnstätten (halbunterirdischen Höhlen), Gräbern und einer Fülle von Gegenständen, die beweisen, daß die Bevölkerung sich mit Ackerbau und Viehzucht befaßte, repräsentiert. Die Keramik ist hochinteressant; der Dekor ist eingeritzt oder eingeprägt, zuweilen aufgemalt.

Schlußbemerkungen. Dieser kurze Bericht über Stationen in Zentralasien, die aus dem Neolithikum oder der Bronzezeit stammen, dem Zeitraum, als eine seßhafte Zivilisation von Ackerbauern und Viehzüchtern entstand, ist weit davon entfernt, eine vollständige Liste aller heute bekannten Stationen zu sein. Die in Zentralasien arbeitenden Archäologen haben über die Publikation ihrer Ergebnisse hinaus sehr viel darin geleistet, sie zu inter-

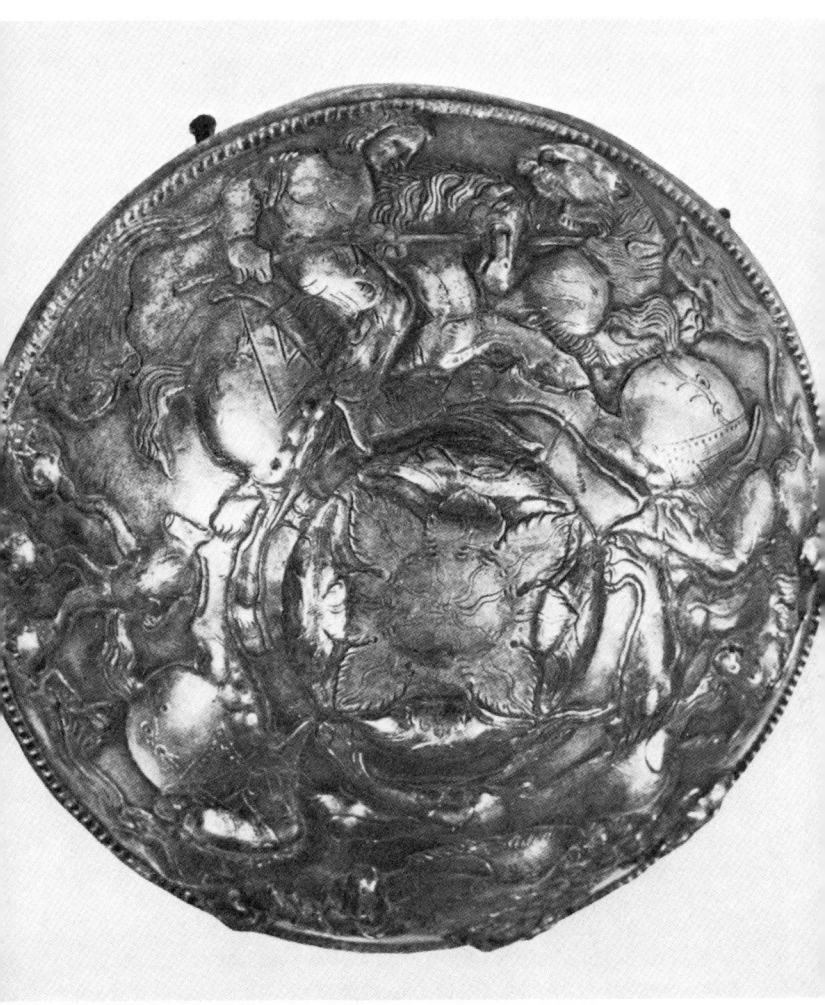

36 *Gräkobaktrisch: mit Jagdfries geschmückte Silberschale. Vereino, Kreis Perm', 3.–2. Jahrhundert v. Chr.*

pretieren und aus ihnen Schlüsse zu ziehen. Die Hauptfragen, mit denen sie sich befassen, sind die Datierung der einzelnen Stationen und die Bestimmung der Zusammenhänge nicht nur zwischen den verschiedenen Stationen innerhalb Zentralasiens selbst, sondern auch mit ähnlichen Kulturen jenseits seiner Grenzen. Einige dieser Probleme haben sich nicht leicht lösen lassen, und viele in früheren Forschungsstadien aufgestellte Daten hat man revidieren müssen. Hierbei kann die Radiokarbondatierung oft wertvolle Dienste leisten.

Man hat nunmehr recht gut nachgewiesen, daß die zeitliche Entwicklung der seßhaften Ackerbaukulturen nicht in ganz Zentralasien gleichmäßig vor sich ging. Während die Kulturen des Südwestgebiets (Südtürkmenien) ihren Gipfelpunkt im 4.–3. Jahrtausend v. Chr. erreichten, ist der Höhepunkt der anderen Kulturen, die sich im Nordostteil Zentralasiens entwickelten, mindestens ein Jahrtausend später anzusetzen, und in manchen Fällen war der Entwicklungsgang noch langsamer. Die Kulturen dieser beiden Gebiete wichen auch im Charakter beträchtlich voneinander ab.

Entsprechende Unterschiede finden sich in den externen Beziehungen. Im allgemeinen waren die Kulturen des Südwestgebiets auf die alten Zivilisationszentren in Iran und Mesopotamien ausgerichtet, während die Verbindungslinien des Nordwestgebiets nordwärts zum großen Steppengürtel hin verliefen, der sich von der unteren Wolga bis zur Ostgrenze Kasachstans erstreckt. In diesem Gebiet entwickelte sich die bronzezeitliche Andronovo-Kultur, die ihren Gipfelpunkt im 2. Jahrtausend v. Chr. erreichte.

Die Besonderheiten der Čust-Keramik brachten die sie untersuchenden Archäologen zu der Vermutung, daß diese Kultur mit der Yang-Shao-Zivilisation verknüpft war, die sich in Osttürkmenien und im Fernen Osten entwickelte.

Das Ende der von uns besprochenen Periode zeichnet sich durch eine innige Verschmelzung der Kulturen der beiden Gebiete aus, wie an Stationen, die an der Grenze zwischen ihnen lagen, zu ersehen ist, z. B. in den oberen Schichten von Anau oder, noch deutlicher, bei Zaman-Baba. In Anau fand sich Keramik mit dem in fast dem ganzen Nordwestgebiet zu findenden eingeritzten Ornament, und die Buntkeramik von Zaman-Baba spiegelt zweifellos den

37 *Krüge, Terrakotta. Tali-Barzu, 4. Jahrhundert n. Chr.*

Einfluß der Kulturen des Südwestgebiets wider. Dieselbe Art Keramik findet sich in Choresmien. Dieser Assimilationsprozeß zwischen den verschiedenen Kulturen Zentralasien, der sich zum Ende der Bronzezeit hin beobachten läßt, setzt sich mit zunehmender Intesität in der folgenden Periode fort, als das Eisen in allgemeinen Gebrauch kam und in der wir von der Vorgeschichte zur Geschichte übergehen: in der Eisenzeit.

II Zentralasien in Frühgeschichtlicher Zeit

Die Achämendenzeit

Die erste historische Nachricht über Zentralasien und seine Völker findet sich bei Herodot, der zu einer Anzahl schriftlicher Quellen Zugang hatte, jedoch seine meisten Informationen im Laufe von Reisen durch Westasien erhielt. Im allgemeinen ist Herodots Bericht, der sich auf das 5. Jahrhundert v. Chr. bezieht, einigermaßen zuverläßig.

Es gibt eine noch ältere Quelle: die *Avesta*. Dieses heilige Buch der Zoroastrier ist ein äußerst komplexes Werk, und es hat unter den Gelehrten viel Streitigkeiten über Ort und Zeit der Abfassung seiner verschiedenen Teile gegeben. Es wird jetzt jedoch ziemlich allgemein akzeptiert, daß Zarathustra, der Prophet oder Reformator der Religion, die seinen Namen trägt (Zoroastrismus), im 6. Jahrhundert v. Chr. lebte und aus Baktrien stammte, wo seine Bekehrungstätigkeit begann.

Die wichtigsten Quellen für die Frühgeschichte der Völker Zentralasiens sind die verschiedenen Inschriften der Achämenidenkönige auf Felsflächen und Bauten und im besonderen die berühmte Behistun-Inschrift (520 v. Chr.), die oft als die »Königin der Inschriften« bezeichnet wird.

Als eine weitere frühe Quelle seien die Memoiren des Ktesias erwähnt, eines griechischen Arztes am Hofe des Achämeniden Artaxerxes II. (405–359), von denen nur Bruchstücke erhalten sind. Ktesias wurde lange unterschätzt; besonders der Vergleich mit Herodot führte dazu, daß man ihn als Lügner und Fälscher abtat. Erst im 20. Jahrhundert wurde sein wahrer Wert erkannt. Seine Rehabilitation ist zwei hervorragenden Gelehrten zu verdanken, die zu Beginn des Jahrhunderts tätig waren: J. Marquart und V. V. Barthold. Nach Marquart enthält Ktesias' Werk »Bruchstücke eines altiranischen Heldenepos«; und Barthold bewies überzeugend, daß seine Erzählungen »von baktrisch-sakischen Einflüssen durchtränkt« waren und einen engen Zusammenhang mit Themen aufwiesen, die sich viele Jahrhunderte später in Firdausis berühmter Dichtung, dem *šāh-nāmä,* wiederfinden, dessen heroisches Element er für »ostiranischen Ursprungs« hielt.[5]

Die in diesen Quellen erhaltenen Nachrichten über die Völker Zentralasiens sind jetzt allgemein als zuverlässig akzeptiert und brauchen hier nicht wiedergegeben zu werden. Einige Hauptpunkte seien jedoch erwähnt.

Alle diese Quellen bestätigen und ergänzen sich gegenseitig in

38 *Pokal, Terrakotta. Kaj-Kobad-Šach, Beginn unserer Zeitrechnung*
39 *Pokal, Terrakotta. Afrāsiyāb, Beginn unserer Zeitrechnung*

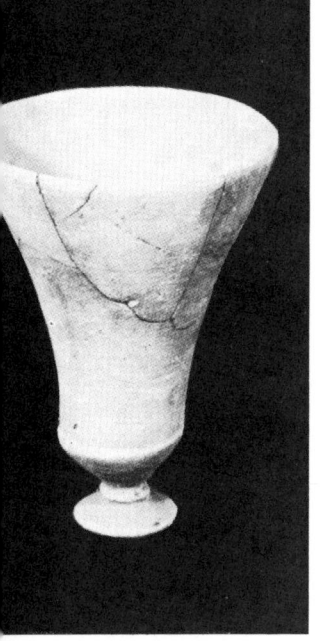

38   39

ihren Berichten über die Hauptgebiete Zentralasiens und der dort siedelnden Stämme. Die geographischen und ethnischen Namen, die sie erwähnen, blieben viele Jahrhunderte lang in Gebrauch. So werden neben Baktrien, das einen ausgedehnten Raum beiderseits des oberen und mittleren Amu-Darja (heute ein Teil Südzentralasiens und Nordafghanistans) einnahm, Margiana erwähnt, Parthien (das heutige Südtürkmenien und ein Teil Choresmiens in Nordostiran), Choresmien (am unteren Amu-Darja) und Sogdien (im Serafschantal).

Diese Gebiete waren vornehmlich von seßhaften, Ackerbau treibenden Völkern bewohnt, die nach den Namen der Gebiete, die sie besiedelten, benannt sind. Ihnen müssen zweifellos die Parikani zugezählt werden, ein Stamm, dessen Name mit Ferghana gleichzusetzen ist. Unser Wissen über dieses Gebiet steht jedoch auf schwachen Füßen.

Die Quellen haben viel zu berichten über Nomadenstämme wie die Massageten und die Saken, die beide als skythische Völker beschrieben werden. Über die Saken z. B. macht Herodot die interessante Bemerkung: »Diese Saken oder Skythen . . . waren in Wirklichkeit amyrgische Skythen, aber die Perser nannten sie Saken, da dies der Name ist, den sie allen Skythen geben.«[6] Die Massageten besiedelten ein Gebiet um den Aralsee; das Territorium der Saken lag im Osten des Amu-Darja-Beckens und umschloß die Steppenräume Kasachstans.

Die Hauptflüsse Zentralasiens, der Amu-Darja und der Syr-Darja, erscheinen in den griechischen Quellen unter den Namen Oxus und Jaxartes, wobei letzterer mit dem Don verwechselt wird.

Kyros (550–530), der Begründer des Achämenidenreiches, unternahm offenbar eine ganze Reihe von Feldzügen nach Zentralasien; und die Tatsache, daß deren mehrere nötig waren, beweist, welchen erbitterten Widerstand er fand. Der König selbst wurde in einem Kriege gegen die Massageten getötet. Die Behistun-Inschrift erzählt uns von einem großen Aufstand gegen Darius I. in Margiana 552 v. Chr., der von einem gewissen Frada angeführt wurde. Das Ausmaß des Aufstandes geht aus den Verlustzahlen hervor: es werden genau 55 243 Getötete und 6572 Gefangene vermerkt. Auch die Parther und die Saken erhoben sich gegen Da-

40 *Henkeltöpfe, Terrakotta. Grab aus Ferghana, Beginn des 2. Jahrhunderts*
n. Chr.

rius (521–518 v. Chr.): Name und Gestalt des Führers der Saken,
Skuncha, sind im Felsen von Behistun verewigt.

Über diese Tatsachen hinaus haben wir nicht viel Kunde von den
zwei Jahrhunderten der Achämenidenherrschaft in Zentralasien;
was wir jedoch wissen, deutet auf den großen Einfluß, den die
Achämeniden auf viele Lebenserscheinungen des Volkes besaßen.
Die Verwaltungsorganisation des Persischen Reiches z. B. wurde
auf Zentralasien übertragen, wobei die verschiedenen Regionen in
Satrapien eingegliedert wurden, die auch die Nachbargebiete umfaßten. Herodot berichtet über die ganz erheblichen Summen, die
diese Satrapien in der Form eines jährlichen Tributs an die »Groß-
könige«, wie die Achämeniden von den griechischen Autoren ge-

nannt werden, zahlen mußten; und Zentralasien lieferte Gold und den hochgeschätzten Lapislazuli zur Ausschmückung der glänzenden von den Achämeniden in ihren Hauptstädten Persepolis und Susa errichteten Bauten.

Wir erfahren gleichzeitig, daß die zentralasiatischen Stämme –die Baktrier, Saken, Choresmier und andere – Männer für die Heereseinheiten stellten, die in den fernen Westteilen des Reiches operierten und an den Feldzügen gegen Ägypten und Griechenland teilnahmen. Aus späteren Quellen, die über die Geschichte von Alexanders Feldzügen berichten, erfahren wir auch, daß es zu dieser Zeit in Zentralasien mindestens eine große Kolonie von Griechen aus dem Küstengebiet Kleinasiens gab. Dieselben Quellen berichten uns, daß sich zu dieser Zeit dort eine mächtige einheimische Aristokratie entwickelt hatte, wahrscheinlich auf Landbesitz basierend, die in die Verwaltungsorganisation des Achämenidenstaates einbezogen wurde. Es ist klar, daß unter diesen Umständen ein lebhafter Kulturaustausch zwischen Zentralasien und den übrigen Teilen des Reiches, vor allem den westlichen, bestanden haben muß und daß sich folglich, vor allem unter den herrschenden Klassen der Bevölkerung, die verschiedenen Kulturen bis zu einem gewissen Grade angeglichen und vereinheitlicht haben müssen.

Der Oxus-Schatz. Wir können einigen Aufschluß über die Kultur der Achämenidenzeit aus einer Sammlung von Gegenständen gewinnen, die in Zentralasien in den späten siebziger Jahren des vergangen Jahrhunderts gefunden worden sind: aus dem als Amu-Darja- oder Oxus-Schatz bekannten Hort [der sich heute im Britischen Museum befindet]. Vom archäologischen Gesichtspunkt aus ist es bedauerlich, daß nichts über die Umstände bekannt ist, unter denen dieser prachtvolle Hort entdeckt worden ist. Wir können nicht sicher sein, daß alle Gegenstände am selben Orte gefunden wurden, auch nicht, daß die heutige Sammlung alles enthält, was ursprünglich dazugehörte. Auch zeitlich ist die Sammlung nicht homogen: die meisten Stücke können sicherlich der Achämenidenzeit zugeschrieben werden, einige jedoch sind jünger. Es ist jedoch zuverlässig nachgewiesen, daß der Schatz in Südtadschikistan, bei Kobadian (jetzt Mikojan-abad) gefunden worden ist.

41 *Schale, Terrakotta. Afrāsiyāb, 1.–2. Jahrhundert n. Chr.*
42 *Henkeltopf, Terrakotta. Munčac-Tepe, 1.–2. Jahrhundert n. Chr.*

Die Städte der Achämenidenzeit. Weniger spektakulär, dafür jedoch aufschlußreicher für die einheimische Kultur dieser Zeit ist das bei den neuesten Grabungen zutage geförderte Material – obwohl sich auch mit seiner Hilfe noch kein vollständiges Bild vom Leben des Volkes zeichnen läßt. Die wichtigste durch diese Forschungen nachgewiesene Tatsache ist die Entwicklung städtischen Lebens, wie aus dem Auftauschen großer Stadtzentren in Zentralasien zur Achämenidenzeit erhellt.

Stadtsiedlungen verschiedener Größen aus dem 6.–4. Jahrhundert v. Chr. sind heute in allen Hauptgebieten Zentralasiens bekannt. Wir gehen nur auf einige der wichtigsten ein. In Südtürkmenien lag die alte Stadt Gjaur-Kala (Merv), mit einem Umfang von über 7 Kilometern, und in Choresmien lagen die alten Städte Kalaly-Gir und Kjuzeli-Gir. Letztere war, entsprechend der Gestalt des Hügels, auf dem sie erbaut war, dreieckförmig, mit einer Länge von 1000 m und einer größten Breite von über 500 m und war von einem Doppelring von Befestigungswällen mit Türmen umgeben. Die Stadt Kalaly-Gir war von ähnlichem Typus.

Die Hauptstadt Sogdiens war zu dieser Zeit Marakanda (Afrāsiyāb). Nach dem – allerdings wohl übertreibenden – Bericht des römischen Historikers Quintus Curtius Rufus hatten die Wälle dieser Stadt einen Umfang von 70 Stadien oder über 10 km. In Südtadschikistan stellt die Station Kala-i Mir die Überreste einer Siedlung aus dem 6.–4. Jahrhundert dar. Die Hauptstadt Baktriens war die gleichnamige Stadt Baktra, deren Ruinen bei Bala-Hisar aus der Achämenidenzeit datieren und eine Fläche von fast 120 ha einnehmen. Aus dieser Periode stammt auch die große Station Šurabašat in Ostferghana. Unglücklicherweise liegen die achämenidischen Schichten bei diesen Stationen oft in beträchtlicher Tiefe und sind infolgedessen schwer auszugraben; aber dennoch haben die Archäologen eine ganze Menge interessanten Materials finden können.

Die Ausgrabungen bei Kjuzeli-Gir in Choresmien beispielsweise weisen auf einen beachtlichen Fortschritt in der Bautechnik. Hier wurde ein großes Gebäude mit vielen Zimmern ausgegraben, zusammen mit Nebengebäuden, in denen man Säulenbasen fand: offenbar hatten die Baumeister nunmehr gelernt, Dächer auf Säulen zu errichten, eine vordem in Zentralasien unbekannte Methode. Die Luftziegel, die das Hauptmaterial waren, wurden nunmehr in Standardgrößen hergestellt. Eisen war in allgemeinen Gebrauch gekommen. Das am häufigsten gefundene Material jedoch war Töpferscheibenkeramik *(Abb. 25, 27, 28)*, deren Herstellung jetzt offenbar ein hochentwickeltes Handwerk war. In dieser Hinsicht ist es bedeutsam, daß die Keramik in allen Hauptgebieten Zentralasiens normiert und gleichförmig geworden ist. Überall finden wir wohlgeformte Gefäße von zylindrischer oder zylindrisch-konischer Gestalt mit Fuß *(Abb. 25)*, gewöhnlich mit

43 *Parthisch: Rhyton aus Elfenbein. Nisa, 2.–1. Jahrhundert v. Chr.*

glänzendem Slip verziert. Gefäße in diesen Formen hat man in achämenidischen Schichten noch außerhalb Zentralasiens gefunden, auf solchen Stationen wie Balch und Nad-i Ali in Afghanistan.

Über die Erforschung der Städte selbst hinaus haben die Archäologen auch so wichtigen Zügen des Wirtschaftslebens Zentralasiens wie den Bewässerungssystemen, die in dieser Zeit mit dem Bau großer Kanäle, Dämme und anderer Anlagen einen beachtlichen Fortschritt machten, große Aufmerksamkeit gewidmet.

Die Sakengräber. Sehr interessantes Material ist aus Gräbern gewonnen worden, die im 6.–4. Jahrhundert v. Chr. von Nomadenstämmen, meistenteils zweifellos Saken, erbaut worden waren und die man an einigen Randgebieten des nordöstlichen Zentralasiens gefunden hat. Kürzlich hat die Entdeckung sakischer Gräber im Delta des Syr-Darja (die Nekropolen von Tegiskan und Ujgarak) und an vielen anderen Stationen im zentralen Tienschan und im Pamir besonderes Aufsehen erregt.

Die Gräber der Saken des Syr-Darja-Gebiets befinden sich in Erdhügeln *(Kurganen)* von verschiedener Höhe. Die Toten waren in bis zu 2 m tiefen Gruben begraben; sie lagen auf einem Bett aus Gras und Binsen und waren mit Matten und Holz bedeckt. In einigen Fällen findet sich der Brauch der Einäscherung. Die Gräber waren ausgeraubt worden, und alles was für die Ausgräber übrigblieb, waren ein paar hie und da verstreute Gegenstände, die allerdings typisch für das Ganze waren: einige feine Tongefäße, bronzene Pfeilspitzen, das Oberteil eines eisernen Schwertes, Goldplatten von einem Gürtel und Stücke von bronzener Beschirrung: vornehmlich ein charakteristischer Typ von Pferdegebissen und einige hervorragend gearbeitete Schnallen im »Tierstil« mit dem Kopf eines Bergschafs und eines Greifen.

Die Ausgrabung der Sakengräber im Pamir und Tien-schan (durch A. N. Bernštam und B. A. Litvinskij) erbrachte eine größere Menge Material, einschließlich vieler für den täglichen Gebrauch oder zum Schmuck bestimmter Stücke.

Die Bestattungsweise war hier eine etwas andere. Die Gräber waren flache Gruben, und die Toten waren in gekrümmter Stellung bestattet und mit rotem Ocker besprengt. Die Gräber waren mit niedrigen Stein- oder Erdhügeln bedeckt und von Steinplatten

44 *Fragment eines Ossuariums, Terrakotta. Munčak-Tepe in Ösbekistan, 3.–4. Jahrhundert n. Chr.*

45 *Reiter, Bronze. Zentralasien (Varchnij-Tui), Antike*

kreisförmig umgeben. Viele enthielten keine Leichen, waren also Zenotaphien. Zweifellos waren sie zum Gedenken an einen toten Krieger errichtet worden, der fern von seiner Familienbegräbnisstätte gefallen war. Die Grabbeigaben bestanden aus einer bemerkenswerten Vielfalt von Gegenständen: Keramiken und Waffen, einschließlich des skythischen Kurzschwerts (des *akinakes*), Streitäxte und Pfeile mit Spitzen aus Bronze, Eisen oder Knochen. Auch viel metallenen Geschirrschmuck mit Tierfiguren fand man. Einige Unika sind von besonderem Interesse, z. B. ein Bronzetopf mit dem Kopf eines Greifen und ein Eisendolch mit Bronzegriff, der mit den Köpfen von Bergschafen verziert ist und in die Vollfigur eines Bergschafes ausläuft *(Abb. 30)*.

Die in den Sakengräbern gefundenen Kunst- und handwerklichen Erzeugnisse beweisen die engen Beziehungen der sakischen Kultur mit der weiteren skythischen Welt einerseits und mit den Gebieten fester Siedlung in Zentralasien, vornehmlich mit den Stücken des Oxus-Schatzes, andererseits.

67

46 *Ossuarium in menschlicher Gestalt, Terrakotta. Koj-Krylgan-Kala, 1. Jahrhundert n. Chr.*

47 *Krug und dazugehöriger Deckel, bemalte Terrakotta. Ferghana, Šurabašat, 2.–1. Jahrhundert v. Chr.*

48 *Fragment einer Wandmalerei aus Toprak-Kala, 3.–4. Jahrhundert n. Chr.*

49 *Vasen, bemalte Terrakotta. Ferghana, Gur Miron und Dal'verzin, Beginn unserer Zeitrechnung*

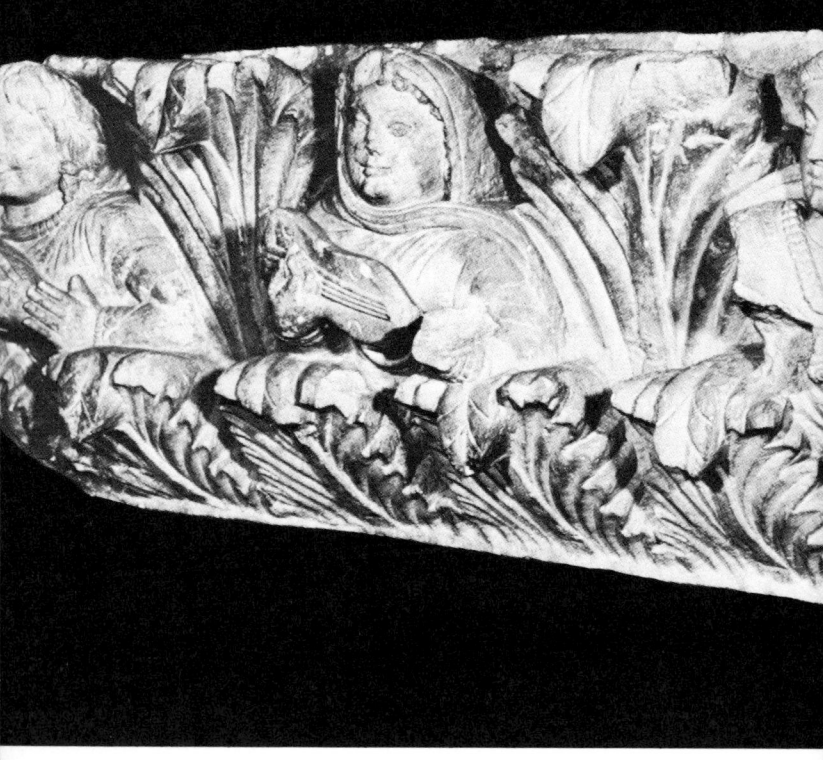

Das Gräko-Baktrische Reich

In drei großen Schlachten vernichtete Alexander der Makedone die Kriegsmacht des Achämenidenreiches und nahm seine Westgebiete und seine Hauptstadt Persepolis in Besitz. Die Versuche des letzten Achämeniden, Darius III., neue Kräfte in den Ostteilen des Reiches zu sammeln, um den Krieg gegen den makedonischen Gegner fortzusetzen, endeten tragisch, als er verräterisch von Bessos, dem Satrapen von Baktrien, ermordet wurde, der sich als Erbe der Achämenidendynastie erklärt hatte. Bessos erlitt jedoch seinerseits das gleiche Schicksal. Wir haben keinen Beweis für ir-

70

50

51
Schachtel, Stein und Inkrustationen. Munčak-Tepe (Ösbekistan), Beginn unserer Zeit-rechnung

52
Tasse, Holz. Grab in Kenkol', 2.–4. Jahr-hundert n. Chr.

53
Weidenkorb. Ferghana, Grab in Kara-Bulak, Beginn unserer Zeitrechnung

50 *Architekturfries mit buddhistischem Motiv, Kalkstein. Ajrtam (Ösbekistan), 3.–4. Jahrhundert n. Chr.*

54 *Kunst von Top-
rak-Kala?: Frag-
ment einer Statue,
Kopf eines
Jünglings dar-
stellend. Ösbe-
kistan, 3.–4. Jahr-
hundert n. Chr.*

55 *Spiegelgriff, eine
Frau darstellend,
Bronze. Kara-
Bulak, 3.–4.
Jahrhundert
n. Chr.*

gendeine Erhebung der Volksmassen zur Unterstützung der gestürzten Dynastie, weder in den eroberten Westgebieten noch in Iran selbst.

Demgegenüber ist der zähe, drei Jahre lang (329–327) währende Widerstand, den die Völker Zentralasiens Alexander entgegensetzten, eine Tatsache von unzweifelhafter Bedeutung. Jedoch war er nicht als Unterstützung für die besiegten Achämeniden gedacht; er richtete sich gegen die neuen Eroberer. Wie alle Feldzüge Alexanders sind diese drei blutigen Jahre von den Gelehrten gründlich erforscht worden, und es erübrigt sich, einen Bericht über den Verlauf des Krieges zu geben. Wir wollen jedoch anmerken, daß Alexanders Feldzug seine Kräfte bis zum äußersten anspannte und zu schweren Verlusten führte.

Alexander zog zweifellos seine Lehren aus dem Krieg mit den Völkern Zentralasiens. Dies geht aus seiner Errichtung einer großen Zahl von Bollwerken und Festungen in ganz Zentralasien wie auch aus seinen beharrlichen Bemühungen, die einheimische Aristokratie für sich zu gewinnen, hervor. Von nun an bestanden die Grundlagen von Alexanders Politik in den eroberten Gebieten in der Herstellung enger Beziehungen zu den ortsansässigen aristokratischen Kreisen und in der Errichtung von Städten und befestigten Siedlungen für makedonische Garnisonen.

Bis vor ganz kurzer Zeit war die Meinung weitverbreitet, daß die Gründung von Städten in Zentralasien auf Alexander zurückgeht. Das gewöhnlich zitierte Beispiel war Alexandria Eschate (»das fernste Alexandria«), das mit der modernen Stadt Chodžent (jetzt Leninabad) gleichgesetzt wird. Am Ende der dreißiger Jahre des 19. Jahrhunderts wurde diese Anschauung von W. W. Tarn mit den folgenden Worten ausgedrückt: »Alexander betrat nun einen Teil der Welt, wo Städte fast unbekannt waren. Wenn er Städte wollte, mußte er sie bauen« (Alexander had now reached a part of the world where towns were almost unknown . . . If Alexander wanted cities in eastern Iran he must build them).[7]

Die Irrigkeit dieser Ansicht ist den Zentralasienhistorikern heute völlig klar. Die archäologische Forschung hat gezeigt, daß viele Städte und befestigte Siedlungen lange vor Alexanders Feldzügen errichtet waren; und die schriftlichen Quellen über seine mi-

56 *Gußform für Ohrringe, Stein. Munčak-Tepe (Ösbekistan), Beginn unserer Zeitrechnung*

57 *Wie 56*

litärischen Operationen enthalten ganz unzweideutige Hinweise auf die Existenz einer Anzahl von Städten. Richtig ist jedoch, daß die Epoche Alexanders und seiner Nachfolger eine Zeit regen Städtebaus war. In dieser Beziehung unterscheidet sich Zentralasien nicht sehr von den Ländern der westlichen hellenistischen Welt mit ihrem ausgesprochen städtischen Charakter. Man muß jedoch anmerken, daß die alten Historiker unbedingt eine ziemlich übertriebene Vorstellung vom Grade der Urbanisation Zentralasiens und der Nachbargebiete in der hellenistischen Zeit hatten.

Ganz allgemein kann die Geschichte Zentralasiens in dieser Zeit wie folgt zusammengefaßt werden. Abgesehen von den zehn Jahren Diadochenherrschaft (323–312) bildete Zentralasien bis zur Mitte des 3. Jahrhunderts v. Chr. einen Teil des Seleukidenreiches, es wurde von Vizekönigen regiert, die wie unter den Achämeniden den Satrapentitel trugen. Um die Mitte des 3. Jahrhunderts jedoch änderte sich die Lage in den Ostteilen der seleukidischen Besitzungen radikal, als die von Alexander eroberten indischen Gebiete abfielen und sich ein unabhängiges parthisches Reich in Nordostiran bildete. Auch der Satrap von Baktrien erklärte daraufhin seine

75

58

59

60

58 Schale, vergoldetes
Silber. Choresmien,
5.–8. Jahrhundert
n. Chr.

59 Schale, Silber.
Choresmien, 6.–8.
Jahrhundert n. Chr.

60 Wie 59

Unabhängigkeit; er gründete einen Staat, der den Historikern als das Gräkobaktrische Reich bekannt ist. Diesem Reiche waren die Hauptgebiete Zentralasiens untertan.

Die Grenzen des Reiches, vor allem die nördlichen, sind noch umstritten. Die extremste Ansicht möchte die Nordostgrenze des Gräkobaktrischen Reiches auf dem Höhepunkt seiner Macht bis an die Grenze Chinas verlegen; diese Behauptung beruht jedoch lediglich auf einer en passant ausgesprochenen Bemerkung in einer der Quellen.

Nach den Fundorten der berühmten gräkobaktrischen Münzen zu urteilen (obwohl diese natürlich nicht als definitiver Beweis angesehen werden können), umfaßte das Gräkobaktrische Reich Nordbaktrien (den Südteil des heutigen Ösbekistan und Tadschikistan) und das gesamte Sogdien bis zum Gebiet von Taschkent. Margiana war ein Zankapfel zwischen Gräkobaktrien und dem Partherreich, um die Mitte des 2. Jahrhunderts v. Chr. wurde es letzterem einverleibt. Es ist noch ungewiß, ob Gebiete wie Ferghana und Choresmien unter der Kontrolle des Gräkobaktrischen Reichs standen, obwohl von den griechischen Königen herausgegebene Münzen sich auch hier finden. Einige Sowjethistoriker glauben, daß neben dem Gräkobaktrischen und dem Partherreich im nördlichen Zentralasien das Reich der K'ang-kiu, mit dem Zentrum in Choresmien, blühte. Das ist jedoch nicht allgemein anerkannt.

Wie dem auch sei, die politische Oberhoheit der Griechen in Zentralasien währte bis zu den dreißiger Jahren des 2. Jahrhunderts v. Chr. Das Partherreich bestand viel länger als das Gräkobaktrische: bis ins 3. Jahrhundert n. Chr. hinein beherrschte es das südwestliche Zentralasien.

Die zwei Jahrhunderte griechischer Macht in Zentralasien (von Alexanders Ankunft 329 v. Chr. bis zum Sturz des Gräkobaktrischen Reichs um 130 v. Chr.) haben bei den westeuropäischen Historikern viel Beachtung gefunden. Die Ergebnisse vieler Spezialuntersuchungen und einer Anzahl allgemeiner Studien über das Gräkobaktrische Reich sind in Sir William Tarns meiner Studien über das Gräkobaktrische Reich sind in Sir William Tarns bekanntem Werk *The Greeks in Bactria and India* (erste Auflage 1938,

61 *Skulptur einer Frau, Terrakotta. Toprak-Kala (Ösbekistan), 3.–4. Jahrhundert n. Chr.*

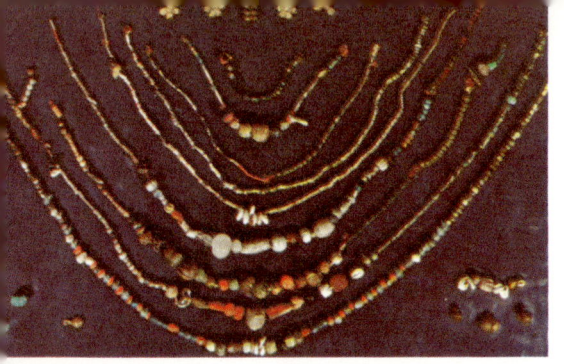

62 *Halsketten und anderer Schmuck, Stein, Terrakotta und Glas. Kara-Bulak, Beginn unserer Zeitrechnung*

63 *Halsketten, bemalte Steine und Glas. Kara-Bulak, Beginn unserer Zeitrechnung*

zweite 1951, Neudruck 1966) zusammengestellt worden. Obwohl viele seiner Schlußfolgerungen fragwürdig sind, gibt dieses Werk einen hervorragenden zusammenfassenden Bericht über die Kultur Zentralasiens zu dieser Zeit.

Die politische Lage Zentralasiens war damals zweifellos verworren und in vieler Beziehung dunkel. Dementsprechend sind die Berichte darüber vielfach unklar und widersprüchlich. Davon abgesehen, muß man jedoch billigerweise sagen, daß die alten Schriftsteller, die über Zentralasien, wie es damals war, schrieben, die ersten waren, die ein einigermaßen zutreffendes Bild von den natürlichen Bedingungen Zentralasiens und von gewissen Zügen seiner Wirtschaftsweise zeichneten. Während sie vermerken, daß ein großer Teil des Landes Wüste war, erwähnen sie dennoch die große Fruchtbarkeit des Bodens, den allgemein hohen Stand des Ackerbaus und die Entwicklung der künstlichen Bewässerung. In einigen Fällen ist der Bericht, den sie geben, gewaltig übertrieben: Plinius fabuliert z. B. von einer in Zentralasien angebauten Weizenart mit Körnern so lang wie eine normale Ähre und von Weintrauben von mehr als einer Elle Länge.

Die Vorstellung von einem regen städtischen Leben in Zentralasien war weit verbreitet, wie schon aus der häufigen Bezeichnung des Gräkobaktrischen Reiches als des »Landes der tausend Städte« hervorgeht. Ohne Bezeichnungen dieser Art allzu wörtlich als feststehende Tatsachen nehmen zu wollen, dürfen wir sie wohl doch als Widerspiegelung eines tatsächlich hohen Entwicklungsstandes des Ackerbaus und eines Aufschwungs des Städtebaus betrachten.

Unser wichtigstes Belegmaterial für die Kultur dieser Zeit stellen die Münzen der gräkobaktrischen Könige dar, die in beträchtlicher Zahl auf uns gekommen sind. Die Silbermünzen verschiedenen Nennwerts sind von bemerkenswerter künstlerischer Qualität und anerkannte Meisterwerke der Toreutik.

1940 veröffentlichte die sowjetische Wissenschaftlerin Kamila Trever ihre Untersuchung *Pamjatniki greko-baktrijskogo iskusstva* (Denkmäler der gräkobaktrischen Kunst), worin nicht nur die Münzen, sondern eine Fülle von Kunstwerken (vornehmlich Werke der Reliefkunst) aus allen Museen der Welt das erste Mal

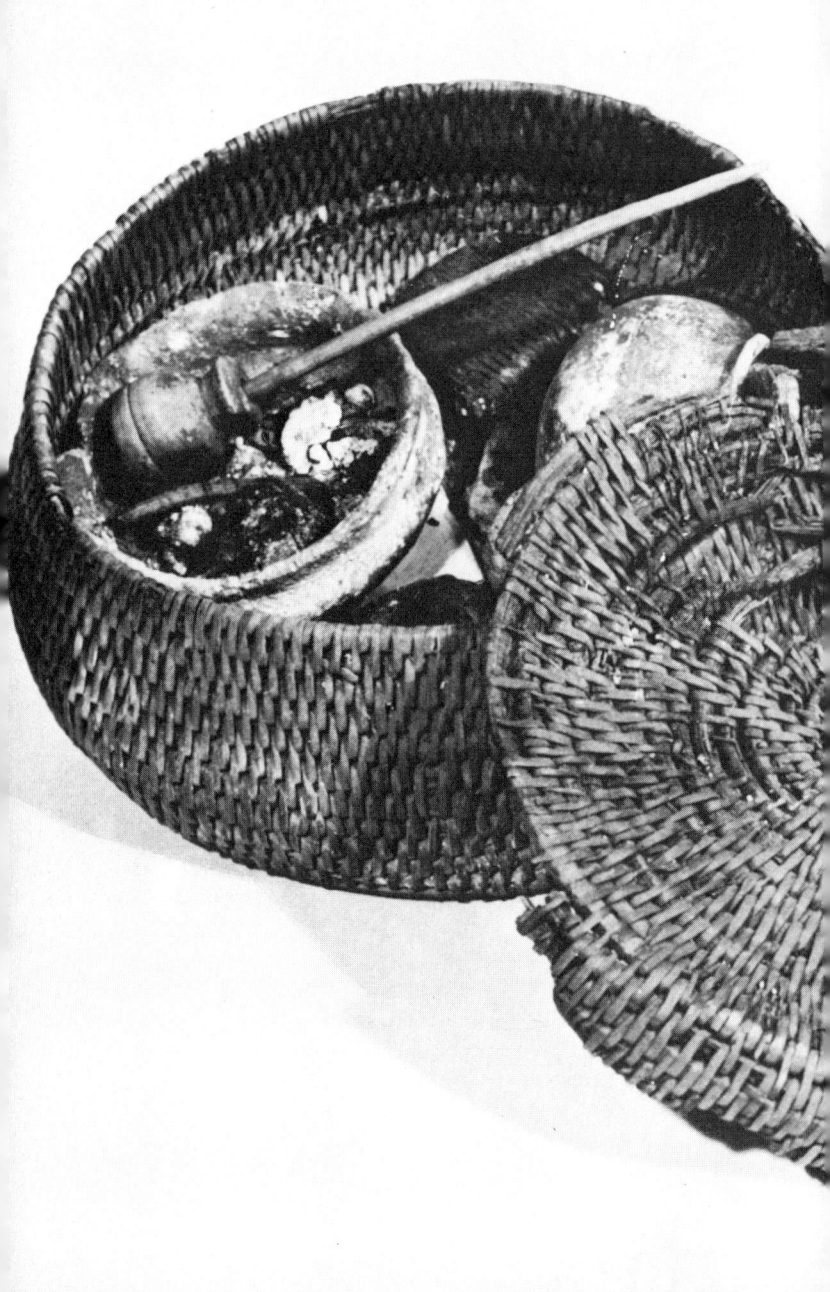

65 *Großer Krug in Gestalt eines Menschen, Terrakotta. Kafir-Kala, Ende des 7. Jahrhunderts n. Chr.*

66 *Vase, Terrakotta, Pendžikent, 8. Jahrhundert n. Chr.*

64 *Weidenkorb, darin weibliche Toilettengegenstände, Ferghana, Grab in Kara-Bulak, Beginn unserer Zeitrechnung.*

als Belege der gräkobaktrischen Kunst besprochen werden. In der überwiegenden Mehrzahl der Fälle wurden diese Objekte auf Grund einer Stilanalyse als gräkobaktrisch bestimmt. Von vielen Stücken war der Fundort unbekannt; und selbst wenn er bekannt war, gab dies wenig Aufschluß über den Herstellungsort. Unter diesen Umständen ist es nicht überraschend, daß die Zuweisung einiger Stücke zur gräkobaktrischen Zeit umstritten ist. Die Mehrzahl der Zuordnungen ist jedoch gewiß zutreffend; und als Ergebnis dieser Analyse von Kunstwerken haben wir nun ein vollständigeres Bild von einer Reihe wichtiger Aspekte der gräkobaktrischen Kultur, als es die schriftlichen Quellen liefern konnten.

Wenden wir uns nun den spezifisch archäologischen Befunden zu, welche die Existenz vieler städtischer Siedlungen in Zentralasien, die entweder in dieser Periode begründet wurden oder in ihr fortbestanden, nachgewiesen haben.

Termez. An Hand alter buddhistischer Texte ist jetzt bewiesen worden, daß der heutige Name dieser Stadt eine Verballhornung des Namens ihres Gründers ist, des gräkobaktrischen Königs Demetrios. Daß Termez in der gräkobaktrischen Zeit gegründet wurde, wird durch die Auffindung vieler gräkobaktrischer Münzen und anderer Gegenstände aus derselben Zeit auf dieser Station bewiesen. Es handelt sich dabei vornehmlich um einige steinerne Säulenbasen, typisch für griechische Arbeit dieser Zeit, die man in der Stadtstation und in deren Nähe fand. Gräkobaktrische Münzen und anderes aus dieser Zeit stammendes Material sind auch weit um Termez herum gefunden worden.

Leider bereitet die Ausgrabung der aus dieser Zeit stammenden Schichten jedoch Schwierigkeiten, weil sie in beträchtlicher Tiefe unter späteren Schichten liegen. Die Ausgräber mußten sich daher damit begnügen, enge Probeschächte zu graben, die eine vergleichsweise spärliche Ausbeute erbrachten (Keramikfragmente). Interessanter sind die Funde von Terrakotten in Menschen- und Tiergestalt aus dieser Periode.

Kej-Kobad-Šach (Kay-Kubād Šāh). Diese 1949 von M. M. D'jakonov 1,5 km von Kobadian auf dem rechten Ufer des Kafirnigan entdeckte Station war geeigneter für Grabungen, die hier über eine relativ breite Fläche hin durchgeführt wurden. Sie ent-

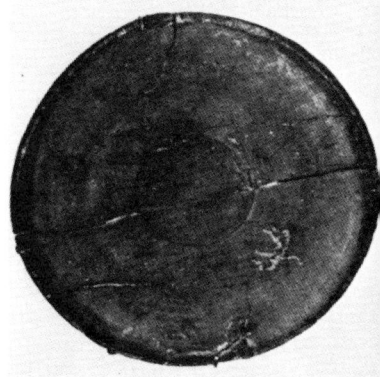

67 *Schale, Holz. Grab in Kenkol', 2.–4. Jahrhundert n. Chr.*

68 *Teller, Holz. Grab in Kenkol', 2.–4. Jahrhundert n. Chr.*

hüllten die Überreste einer Stadt, die ein Gebiet von 385 × 285 m einnahm und von einem aus rechteckigen Ziegeln erbauten Befestigungswall umgeben war. Interessanterweise erscheinen auf den Ziegeln eine Fülle von Schriftzeichen, darunter viele Buchstaben des griechischen Alphabets. Der Wall war in regelmäßigen Abständen durch rechteckige Türme verstärkt. Die Wälle verliefen in vollkommen gerader Linie, in der Mitte jeder Seite befand sich ein Tor. Die Hauptstraßen, die von einem Tor zum anderen führten und sich in der Mitte rechtwinklig kreuzten, teilten die Stadt in getrennte Bezirke von regelmäßiger Gestalt. Eine Teilausgrabung des bebauten Geländes hat gezeigt, daß die Stadt nach einheitlichem Plan angelegt war. Die bei den Ausgrabungen entdeckte große Menge von Keramik und anderen Gegenständen weist auf ein hohes Niveau handwerklicher Produktion.

Kuchn-Kala. 1953–54 wurde auf dem linken Ufer des Flusses Vachš, etwas oberhalb seiner Vereinigung mit dem Amu-Darja, eine kleine Station, die ein Gebiet von 250 × 125 m einnahm, ausgegraben. Auch sie weist eine regelmäßige Anlage auf, scheint jedoch (nach ihrem Entdecker, B. A. Litvinskij) unvollendet geblieben zu sein.

Auf Grund von Versuchsgrabungen wird auch eine Reihe anderer Städte der gräkobaktrischen Zeit zugeschrieben. Im Surchan-Darja-Tal z. B. liegt die Station Chajrabad-tepe und die große Stadtstation Dal'verzin-Tepe (bei Denau). Beim Dorfe Šachrinau, in der Nähe von Dušanbe, der Hauptstadt Tadschikistans, wurde eine Stadtstation mit einer Fläche von etwa 350 ha entdeckt. All diese Stationen jedoch harren noch der Erforschung.

In den letzten Jahren hat man einige vielverheißende Entdeckungen in Südbaktrien (im heutigen Afghanistan) gemacht. Aufsehenerregendes Material ist von der französischen Expedition gefunden worden, welche die Station Ay-Ḫānum (auf den Uferbänken des Amu-Darja) ausgräbt. Äußerlich ähnelt diese Station sehr den zentralasiatischen. Die obersten Schichten lieferten aus der gräkobaktrischen Zeit stammendes Material, einschließlich griechischer Inschriften, Kunstwerke und Bauteile (Dachziegel, Antefixe, Metopen, Kapitelle usw.). Das für Großausgrabungen geeignete Ay Ḫānum ist offenbar dazu bestimmt, eine Schlüsselstation in der Archäologie der gräkobaktrischen Zeit zu sein.[8]

Neben den Stationen in Bakterien selbst ist eine Reihe interessanter Stationen, die entweder ganz oder jedenfalls schichtweise aus der gräkobaktrischen Zeit stammen, in Sogdien, Choresmien und Südtürkmenien entdeckt worden.

Afrāsiyāb. Wichtiges Material zur Kultur der gräkobaktrischen Zeit hat man bei Afrāsiyāb (russisch Afrosiab) in den beiden als Afrāsiyāb II und III bekannten Schichten gefunden. Nach Meinung des Ausgräbers, A. I. Terenožkin, erreichte die keramische Produktion ihre höchste Entwicklung in Afrāsiyāb III. Die Keramik in dieser Schicht ist, wie er sagt, »bemerkenswert durch die Reinheit des Tons, die Feinheit und Festigkeit der Scherbe und die Eleganz der Form. Die kleineren Gefäße sind nicht nur mit einem roten Slip von hervorragender Qualität, sondern auch mit einer roten Glasur überzogen«.[9] Terenožkin vermerkt auch, daß Backziegel zum ersten Mal in dieser Zeit erscheinen.

Unter den Umständen, unter welchen die Grabungen auf dieser Station durchgeführt wurden, war es unmöglich, andere Erzeugnisse der materiellen Kultur, zu untersuchen.

69 *Tisch zum Teigkneten, Holz. Grab in Kenkol', 2.–4. Jahrhundert n. Chr.*

Džanbas-Kala. Als erste der aus der hellenistischen Zeit stammende Stationen Choresmiens ist Džanbas-Kala zu nennen. Auf dieser Station waren die Schutzwälle wohlerhalten, und die Untersuchungen zeigten, daß das in Choresmien zu dieser Zeit verwandte Befestigungssystem beträchtlich vom baktrischen abwich. Die Stadtstation, rechteckig in der Anlage, war von einem Doppelkreis von Wällen umgeben, die einen zweigeschossigen Korridor bildeten, aus dem die Verteidiger auf den Feind schießen konnten. Zu diesem Zwecke war der äußere Wall (der keine Türme hatte) von einem System von Schießscharten durchbrochen, die abwechselnd im oberen und unteren Geschoß angebracht waren. Der Ein-

70 *Bronzeplatte (Zeichnung). Ak-Bešim (Semireč'e), 8. Jahrhundert n. Chr.*

gang in der Mitte des Nordwalls war durch weitere wohlangelegte Schutzwerke verstärkt. Es gab eine Hauptstraße, die, vom Eingang zum entgegengesetzten Wall verlaufend, die Stadt in zwei Hälften teilte.

Koj-Krylgan-Kala. Eine weitere hellenistische Station in Choresmien ist Koj-Krylgan-Kala, eine der wenigen alten Stationen in Zentralasien, die fast vollständig ausgegraben worden sind. Trotz alledem bleibt ihre Zweckbestimmung noch rätselhaft. Sie ist vor allem wegen ihrer ungewöhnlichen kreisförmigen Anlage (Durchmesser 87 m) bemerkenswert. Die Ausgrabungen haben gezeigt,

71 *Bronzeplatte (Zeichnung). Ak-Bešim (Semireč'e), 8. Jahrhundert n. Chr.*

daß während ihrer langdauernden Besiedlung (4. Jahrhundert v. Chr. bis 1. Jahrhundert n. Chr.) die Anlage beträchtliche Veränderungen erfuhr. Ursprünglich lag im Zentrum der Station ein rundes zweigeschossiges Gebäude (Durchmesser 42 m) mit Räumlichkeiten von regelmäßiger Gestalt, der übrige Raum war ein von einer Festungsmauer umgebener Hof.

Später wurde auch der Hof bebaut, und die Verteidigungsanlagen wurden durch einen neuen Wall mit neun Türmen verstärkt. Nach S. P. Tolstov wurde das Gebäude im Zentrum für Kultzwecke verwendet.

72 *Teller, Stein. Munčak-Tepe (Ösbekistan), 1.–3. Jahrhundert n. Chr.*

Die Grabungen bei Koj-Krylgan-Kala erbrachten eine außerordentliche Fülle vom Material (vornehmlich Keramik), das wegen seines Formenreichtums bemerkenswert war *(Abb. 46)*. Von besonderem Interesse war eine Anzahl von Tonrhyta, die mit Protomen von Pferden und Greifen verziert waren, Fläschchen mit einer Vielfalt eingeprägter figürlicher Reliefs, eine große Zahl Mensch- und Tierstatuetten, Überreste einer großen Skulptur (Rundplastik) und Fragmente von Wandmalereien.

Nisa. Unter den bisher entdeckten hellenistischen Stationen ist Nisa von ganz besonderer Wichtigkeit. Diese 12 km von Aschabad bei dem Dorfe liegende Station wurde zuerst in den dreißiger Jahren von A. A. Maruščenko entdeckt. Die systematische Ausgrabung begann 1946 und wurde mehrere Jahre lang durch die Südtürkmenische Archäologische Expedition unter der Leitung von M. E. Masson fortgeführt. Tatsächlich handelt es sich um zwei, wenn auch nur durch eine kurze Entfernung getrennte Stationen: Alt- und Neu-Nisa. Die Überreste der Stadt befinden sich in Neu-Nisa, das bis ins Mittelalter hinein existierte. Die Ausgräber nahmen an, daß Alt-Nisa eine königliche Residenz war, eine die Paläste, Tempel und Gräber der Partherkönige enthaltene abgeschlossene Stadt, die zum Ende der Partherzeit (zu Beginn des 3. Jahrhunderts n. Chr.) nicht mehr bewohnt wurde.

Der ursprüngliche Name der Stadt war Mihrdatkart. Die Anlage wich von derjenigen normaler hellenistischer Städte ab: sie war pentagonal. Die Wälle aus *pachsa* (Stampflehm) erbaut, der außen mit Ziegeln verkleidet war, waren enorm dick (8–9 m) und mit Türmen verstärkt. Die Ausgrabungen haben die bauliche Anlage der Paläste und Tempel enthüllt, die wegen ihrer ungeheuren Größe bemerkenswert waren. So mißt einer der ausgegrabenen Räume, die »Quadrathalle«, 20 × 20 m, und die »runde Halle« hat einen Durchmesser von 17 m.

Besonders interessant sind auch die ausgegrabenen Wohnhäuser. Diese besitzen große Vorratskammern verschiedener Art, darunter besondere Weinkeller. Der Wein wurde in sehr großen, als *chum* bekannten und in den Boden vergrabenen Tonkrügen aufbewahrt. Auch ein innerhalb der Stadt (Neu-Nisa) liegender Friedhof wurde ausgegraben.

Der Gesamtkomplex von baulichen Überresten ist von höchster Wichtigkeit wegen des Beitrages, den er für die Geschichte der

73 *Reiterfiguren, Terrakotta. Kreis Samarkand, 7. bis Beginn 8. Jahrhundert n. Chr.*

74 *Tierfigur, Terrakotta. Kreis Samarkand, 7. bis Beginn 8. Jahrhundert n. Chr.*

zentralasiatischen Architektur liefert. Auch die Bedeutung der bei Nisa gefundenen Kunstwerke, vornehmlich der Skulpturen, läßt sich kaum überschätzen. Diese bestehen hauptsächlich aus monumentalen Tonstatuen von menschlichen Gestalten in Überlebensgröße; jedoch lieferte Nisa auch die ersten in Zentralasien gefundenen Marmorskulpturen, einige davon unglücklicherweise in zahllose Fragmente zerbrochen. Man hat zwei Statuen fast vollständig restaurieren können. Eine davon ist die Nachbildung einer bekannten antiken Arbeit: der sich das Haar auswindenden Aphrodite; die andere stellt eine Frau in einem langen Kleid dar, das mit großer Kunstfertigkeit modelliert ist.

Auch viele Kleinplastiken wurden entdeckt: Terrakotta-Reliefs, Silber- und Bronzestatuetten von Tieren und eine Sammlung von Abdrücken figürlicher Siegel *(bullae)*.

Eine Entdeckung von einzigartiger Bedeutung war eine Gruppe von aus Elfenbein geschnitzten Rhyta [Trinkhörnern] *(Abb. 13, 17, 18, 43)*. Sie waren zwar arg beschädigt, aber dank langwieriger, sorgfältiger Bemühung sind die meisten von ihnen, etwa 40 an der Zahl, nunmehr restauriert worden. Die zugespitzten Enden der Rhyta sind mit geschnitzten Protomen [Vorderleibern] von Kentauren, Flügelrossen, Löwen, Greifen und anderen monströsen Kreaturen geschmückt. Um die breiten oberen Enden laufen plastische Ornamentbänder, sie stellen Szenen aus dem Dionysoskult dar, Gestalten von Göttern und Göttinnen des Olymp und andere Lieblingsthemen der hellenistischen Kunst. Schließlich seien noch etwa 2500 beschriftete Scherben (Ostraka) erwähnt, die man dort gefunden hat. Alle Inschriften sind parthisch in aramäischer Schrift.

Es sind vor allem Aufzeichnungen über die Lieferung von Wein aus verschiedenen Gauen an den königlichen Weinkeller, mit genauer Datenangabe (2.–1. Jahrhundert v. Chr.). Diese gewaltige Sammlung von Originalschriftstücken, die quantitativ gesehen in der orientalischen Epigraphie nicht ihresgleichen findet, stellt das älteste Literaturdenkmal Zentralasiens dar. Sie ist eine Quelle von außerordentlichem Wert für die Erhellung vieler Seiten der gesellschaftlichen, wirtschaftlichen und kulturellen Situation Parthiens in der hellenistischen Zeit.

75 *Wasserkanne, Silber. Semireč'e, 6.–8. Jahrhundert n. Chr.*

III Das Kuschan-Reich

Wie wir gesehen haben, ging das Gräkobaktrische Reich in den dreißiger Jahren des 2. Jahrhunderts v. Chr. zugrunde. Die lückenhaften Zeugnisse, welche die Erforscher dieser Epoche zusammentragen konnten, beweisen, daß der Staat trotz seines Glanzes und seiner militärischen Erfolge von innen her labil war. Die Griechen selbst stellten fern von ihrer Heimat nur einen unbedeutenden Bruchteil der Gesamtbevölkerung des von ihnen beherrschten Gebietes dar. Außerdem kam es oft zu Zwistigkeiten unter ihnen, die zu häufigen Palastrevolutionen von äußerster Gewalttätigkeit führten. So wird von Heliokles, der seinen Vater Eukratides stürzte, berichtet, er habe diesen nicht nur getötet, sondern sogar seinen Wagen über den Leichnam gefahren. Es unterliegt keinem Zweifel, daß die grundsätzliche Schwäche des Reiches in der Feindseligkeit begründet lag, welche die große Masse der einheimischen Bevölkerung gegenüber den Eindringlingen empfand. Der Schlag jedoch, der zum direkten Zusammenbruch ihrer Herrschaft führte, wurde den Griechen von den kriegerischen Nomadenstämmen versetzt, die ihren Weg nach Zentralasien vom Nordosten her nahmen. Das Erscheinen dieser Stämme war eine Episode in der großen Wanderung nomadischer Völker, die durch die Gründung des ersten »Steppenreiches« der Hunnen in Gang gesetzt wurde. Die chinesischen Chroniken teilen uns einige grundlegende Tatsachen über diese Ereignisse mit, zusammen mit den Namen der Stämme und ihrer Anführer und geben uns so die Möglichkeit, uns von der Lage ein einigermaßen zutreffendes Bild zu machen.

Die Gründung des Hunnenreiches war ein Verdienst des *schan-yü* (Führers) Mao-tun (206–165 v. Chr.). In den siebziger Jahren des 2. Jahrhunderts v. Chr. besiegte er die Stämme, die in verschiedenen Teilen Ostturkestans und der Mongolei siedelten und in den chniesischen Quellen als Yüäh-tschi bekannt sind. Das Gros dieser Stämme (die Ta Yüäh-tschi »großen Yüäh-tschi«) bewegte sich unter hunnischem Druck westwärts, wurde von den

76 *Tasse, Terrakotta. Pendžikent, 7.–8. Jahrhundert n. Chr.*

77 *Tasse, Terrakotta. Tali-Barzu, 7.–8. Jahrhundert n. Chr.*

Wu-sun-Stämmen in den Vorgebirgen des Tien-schan (im Sieben-stromland) feindlich empfangen und geriet nach deren Überwindung mit den Sai-Stämmen in Streit. In dem chinesischen Namen dieser letzten Stammesgruppe ist es nicht schwer, die Saken zu erkennen, mit denen wir ja schon vertraut sind. Über die Sai-Stämme wird uns berichtet, daß sie zerstreut wurden und sich »der König der Sai nach Süden zurückzog«. Die Wu-sun erholten sich jedoch schnell wieder und zwangen mit Unterstützung der Hunnen die Yüäh-tschi nicht nur, ihr Land zu verlassen, sondern nahmen sogar »die früheren Länder der Sai« in Besitz. Die Yüäh-tschi schlugen sich daraufhin über die Pässe im Tien-schan-Gebirge nach Ferghana durch und brachten es, wie wir vermuten dürfen, unter Mithilfe der einheimischen Bevölkerung, zuwege, nach und nach fast ganz Zentralasien von der Griechenherrschaft zu befreien. Über den genauen Verlauf der Ereignisse in Zentralasien wissen wir nichts, aber das Schlußergebnis ist uns aus dem Bericht des berühmten Tschang-k'iän bekannt (ein Gesandter des Kaisers von China Wu Ti), der 140 v. Chr. in besonderem Auftrag zu den Führern der Yüäh-tschi entsandt wurde. Ziel der Mission war es, die Yüäh-tschi zu überreden, in ihr früheres Gebiet zurückzukehren und gemeinsame Sache gegen die Hunnen zu machen. Tschang-k'iän brauchte über zehn Jahre, Jahre voller Abenteuer, einschließlich einer Gefangennahme bei den Hunnen, um das Hauptquartier der Yüäh-tschi zu erreichen. Seine Suche endete 128 v. Chr., als sich das Hauptquartier der Yüäh-tschi auf dem Nordufer des Amu-Darja befand. Seine Mission war jedoch erfolglos: für die Yüäh-tschi konnte gar keine Rede davon sein, ihre neue Heimat am Amu-Darja zu verlassen.

Tschang-k'iäns Bericht ist eine Informationsquelle ersten Ranges für die Geschichte Zentralasiens. Er enthält eine höchst wertvolle Beschreibung des Gebiets zwischen Ferghana und Baktrien und bestätigt die Nachricht der alten westlichen Quellen und der Archäologie, daß Zentralasien zu dieser Zeit ein besiedeltes Gebiet mit blühendem Ackerbau und vielen Städten war. Ein für unsere Untersuchung besonders wichtiger Punkt ist der, daß zur Zeit als Tschang-k'iän das Hauptquartier der Yüäh-tschi erreichte, bereits die Griechenherrschaft nördlich und südlich des Amu-Darja

78 *Fragment eines Ossuarienornaments, Terrakotta. Pendžikent, 7.–8. Jahr-hundert n. Chr.*

beseitigt war; denn er berichtet, daß »Ta-hia (wie bei ihm Baktrien heißt) keinen Oberherrscher hat, vielmehr jede Stadt von ihren eigenen Fürsten beherrscht wird«[10].

Auch die chinesischen Chroniken teilen manches über Zentralasien mit. Das Hou-han-schu beispielsweise gibt einen allgemeinen Überblick über die politische Lage in der folgenden Periode, der hier etwas gekürzt wiedergegeben wird: »Als das Haus [die Dynastie] der Yüäh-tschi von den Hunnen vernichtet war, begab es sich nach Ta-hia und wurde in fünf Fürstenhäuser geteilt: die Hiu-mi, Schuang-mi, Kuei-schuang, Hi-tun und Tu-mi. Nach dem Ablauf von etwas über hundert Jahren überwältigte der Kuei-schuang-Fürst Tsch'in-tschin-tsch'üäh die anderen vier Fürsten und erklärte sich zum Kaiser unter dem Titel Herrscher der Kuei-schuang. Er führte dann Krieg mit An-si, eroberte Kao-fu, zerstörte Fu-tu und Tschi-pin und nahm ihre Gebiete in Besitz. Tsch'in-tschin-tsch'üäh lebte über achtzig Jahre. Nach seinem Tode bestieg sein Sohn Yen-kao-tschen den Thron. Er eroberte dann Indien, wobei er die

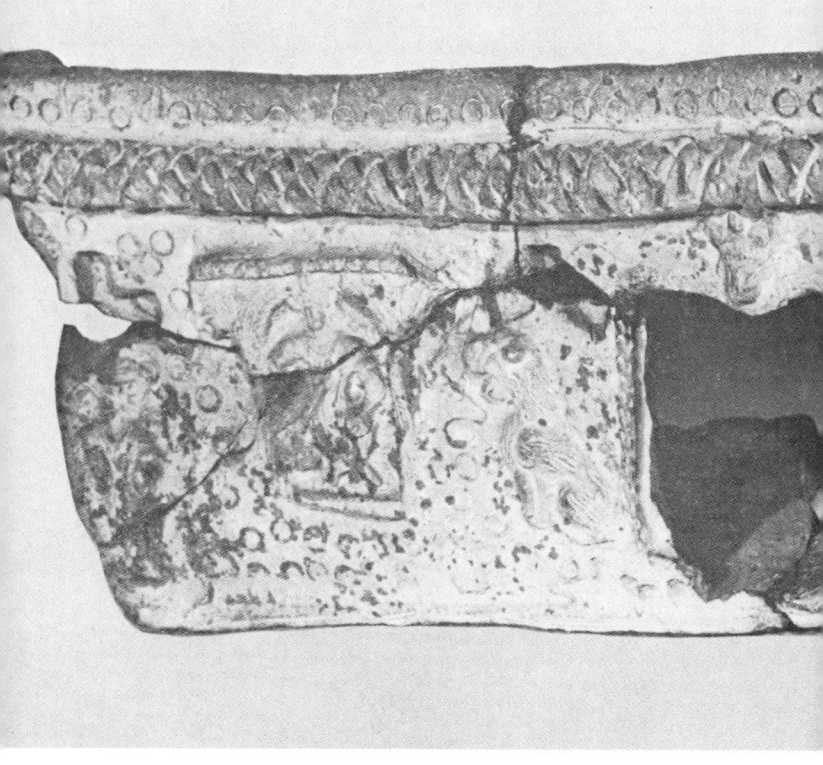

Regierung einem seiner Generäle anvertraute. Von dieser Zeit an wurden die Yüäh-tschi ein sehr reiches und mächtiges Haus. Die Nachbarstaaten nannten es das Reich der Kuei-schuang, der chinesische Hof jedoch verwandte weiter den alten Namen die Gro-ßen Yüäh-tschi.«[11]

Die in der Chronik erscheinende Form Kuei-schuang ist ganz offenbar = Ku-schan; und nach der allerdings ziemlich ungefähren Datierung (»etwas über hundert Jahre«) fällt die erste Phase der Bildung des Kuschan-Reiches auf den Beginn der christlichen Zeitrechnung.

79 *Ossuarium, Terrakotta. Samarkand, 6.–7. Jahrhundert n. Chr.*

Ähnliches berichten die westlichen Quellen. So schreibt Strabo
bei seiner Aufzählung der Nomadenstämme Zentralasiens: »Von
diesen Nomaden sind die bestbekannten diejenigen, die den Griechen Baktrien entrissen; das heißt die Asier, Pasianer, Tocharer
und Sakarauler, die aus dem Gebeit auf dem anderen Ufer des Jaxartes und aus dem Gebiet der Saken und dem von den Saken eroberten Sogdien kamen.«[12]

Es hat viel gelehrte Diskussion über die Identifikation dieser Stämme mit den in den chinesischen und anderen Quellen erwähnten Völkern gegeben. Zweifellos spricht Strabo über dieselben Stämme wie die chinesische Chronik. Der interessanteste Name, den es gibt, ist derjenige der »Tocharer«. Dieser Name lebte durch Jahrhunderte hindurch und ist noch im 10. Jahrhundert in der geographischen Bezeichnung Tocharien bekannt, die in den arabischen Quellen auf das Gebiet beiderseits des Amu-Darja vom Hissar-Gebirgszug im Norden bis zum Hindukusch im Süden angewandt wird, d. h. das frühere Gebiet von Baktrien. Einige Gelehrte halten es für möglich, die Tocharer mit den Stämmen, die den Chinesen als »Ta-hia« bekannt waren, zu identifizieren.

Es überrascht, daß ein so wohlinformierter Schriftsteller wie Strabo die Kuschan nicht eigens erwähnt, obgleich dieser Name in einem so objektiven Beweismaterial wie den Münzen bezeugt ist. Es mag sein, daß sie hinter Namen wie Asier oder Pasianer versteckt sind, jedoch können wir dessen nicht sicher sein.

Für die Geschichte des Kuschan-Reiches (oder genauer der Kuschan-Dynastie) sind die wichtigste Quelle die Münzen der Kuschan-Könige, die durchgehend jeden Herrscher als Kuschan bezeichnen und ferner seinen Namen und Titel angeben. Die Namen dieser Könige waren Heraos, Kudschula Kadphises, Wima Kadphises, Kanischka I., Vasischka, Huvischka und Vasudeva. (Einige Forscher glauben, daß der Name Kanischka von zwei weiteren Königen getragen wurde. Dies ist jedoch durchaus umstritten, denn die Herrschaft der sieben Könige, die zusammen zwei Jahrhunderte währte, umschloß Aufstieg, Höhepunkt und Fall des Reiches.)

Die Namen der Kuschan-Könige finden sich außer auf den Münzen auch in einigen epigraphischen Zeugnissen, die außerdem auch den Zeitpunkt ihrer Abfassung nennen.

Unter diesen Umständen sollte es offenbar nicht schwer sein, die Chronologie aufzustellen. Und doch existiert zu dieser Frage, einer der strittigsten der heutigen Geschichtswissenschaft, eine ausgedehnte Literatur. Die Schwierigkeit liegt darin, daß die Kuschan-Münzen kein Prägedatum aufweisen und daß die datierten Inschriften keinen Hinweis auf die Ära, nach der die Daten gerechnet

80 *Großer Krug in Gestalt eines Menschen, Detail, Terrakotta. Kafir-Kala, Ende des 7. Jahrhunderts n. Chr. (Siehe auch Bild 65)*

81 *Schale, Terrakotta mit roter Engobe. Tali-Barzu, 5.–6. Jahrhundert n. Chr.*

werden, geben. Überdies beziehen sich manche Daten in den Inschriften lediglich auf ein Regierungsjahr eines bestimmten Königs. Infolgedessen ist die Datierung des Kuschanreiches sehr un-
bestimmt; es ergeben sich Zeitdifferenzen bis zu 200 Jahren. Der
Streit konzentriert sich auf das Datum der Thronbesteigung des am
besten bekannten Kuschan-Königs, Kanischka, den Ausgangspunkt der »Kanischka-Ära«. Einige legen es auf 78 n. Chr., andere, die das entgegengesetzte Extrem vertreten, auf 278 n. Chr.
Diese Situation schafft ernsthafte Schwierigkeiten für die archäologische Forschung, da in praxi die Datierung der Ausgrabungen

82 *Henkeltopf, Terrakotta. Pendžikent, 7. Jahrhundert n. Chr.*

aus dieser Periode hauptsächlich von Funden von Kuschan-Münzen abhängt.

Ein weiteres ungelöstes Problem, das uns in dieser Untersuchung besonders angeht, ist die Frage der Nordgrenze des Kuschan-Reiches. Wir dürfen jedoch mit gutem Grund vermuten, daß der größte Teil des Gebiets zwischen dem Amu-Darja und dem Syr-Darja meistens ziemlich fest in den Händen der Kuschan war.

Bevor ich zur Besprechung der aus der Kuschan-Zeit stammenden archäologischen Stationen Zentralasiens übergehe, möchte ich auf einige Hauptzüge des wirtschaftlichen und kulturellen Lebens

83

Zentralasiens in der Kuschan-Zeit auf der Grundlage der von den schriftlichen Quellen gelieferten Nachrichten eingehen.

Zweifellos der bedeutsamste Faktor im Wirtschaftsleben Zentralasiens zu dieser Zeit war die Herstellung reger Handelsbeziehungen zwischen dem Fernen Osten und dem Westen; sie erstreckten sich bis zu den Ostprovinzen des Römischen Imperiums. Die Haupthandelsstraße war die »Große Seidenstraße«, die Zentralasien für viele Jahrhunderte eine lebenswichtige Rolle als Ver-

83 *Reiterfigur, Terrakotta.*
Kafir-Kala, 7. bis Beginn
8. Jahrhundert n. Chr.

84 *Fragment der Figur eines*
türkischen Reiters, Terrakotta.
Afrāsiyāb, 7. bis Beginn
8. Jahrhundert n. Chr.

85 *Gußform, Terrakotta. Kafir-*
Kala, 7. Jahrhundert n. Chr.

86 *Gipsabguß der Gußform*
Abbildung 85.

84

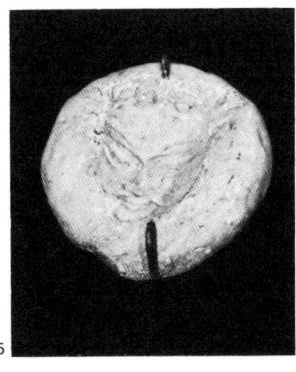

85

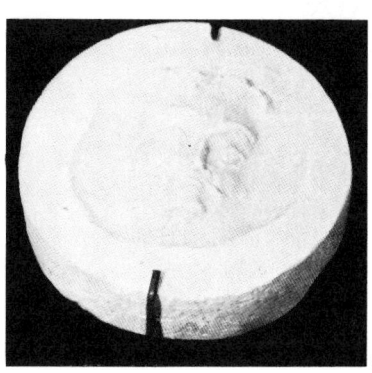

86

mittler des gesamten internationalen Handels auf dem Landwege sicherte. Die Aktivität der zentralasiatischen Kaufleute beschränkte sich natürlich nicht auf die Ostwestroute. Es gab auch Wege, die nordwärts in die weiten eurasiatischen Steppen verliefen und südwärts nach Indien. Die Entwicklung städtischen Lebens war eng verknüpft mit dem Aufschwung des internationalen Handels, und die Städte wurden Zentren sowohl des Binnen- als auch des internationalen Handels.

Ein Ereignis von außergewöhnlcher Bedeutung während der Kuschan-Zeit war die Ausbreitung des Buddhismus in Zentralasien. Man darf annehmen, daß sie unter Kanischka I. begann, der als Schutzherr des Buddhismus bekannt ist. Der Einfluß des Buddhismus auf Ideologie und Kultur der Völker Zentralasiens bedarf keines Beweises.

Material aus der Kuschan-Zeit ist auf einer sehr großen Zahl von ausgegrabenen Stationen gefunden worden. Aus dieser Zeit stammende Schichten hat man auf allen oder fast allen zuvor besprochenen Stadtstationen nachweisen können und in Samarkand (Afrāsiyāb), Termez, Kej-Kobad-Šach und anderswo erforscht. Soweit wir es beurteilen können, bestanden und entwickelten sich diese Städte auch nach den schon erwähnten politischen Veränderungen ohne merkliche Unterbrechung fort, sogar noch nach der Kuschanzeit.

Der Ajrtam-Fries und Termez. Abgesehen von gewissem Material in Museen (vor allem Münzen) ist das erste wichtige Denkmal der Kuschan-Zeit in der Archäologie Zentralasiens der Ajrtam-Fries. Das erste Bruchstück dieses Frieses wurde zufällig von einem Soldaten entdeckt, der keinerlei Beziehung zur Archäologie hatte. Im Oktober 1932 bemerkte ein Angehöriger der sowjetischen Grenzstreitkräfte, I. Rjasnov, beim Dorfe Ajrtam, auf dem rechten Ufer des Amu-Darja, 13 km von Termez, eine reliefierte Steinplatte, die im Wasser lag. Die Platte wurde aus dem Fluß gefischt und an den bekannten Archäologen M. E. Masson gesandt, der sie untersuchte und 1933 eine Monographie darüber publizierte.

Später, 1936, wurden während der Ausgrabung der Überreste eines buddhistischen Tempels durch die Archäologische Expedition von Termez unter M. E. Masson sieben weitere Bruchstücke des Frieses in Ajrtam entdeckt. Alle Fragmente können jetzt in der Eremitage in Leningrad besichtigt werden. Die Platte, ein Mergelkalkstein, ist etwa 0,5 m hoch und hat eine Gesamtlänge von etwa 7 m. Darauf befinden sich, in Hochrelief ausgeführt, Brustbilder von männlichen und weiblichen Musikanten und Gabenträgern, jede Figur von Akanthusblättern umrahmt *(Abb. 50)*. Der Fries ist sowohl durch Stilanalyse als auch durch Vergleich mit einer großen

87 *Reiterfigur, Terrakotta. Kreis Samarkand, 7. bis Beginn 8. Jahrhundert n. Chr.*

Menge archäologischen Materials der Kuschan-Zeit (1.–2. Jahrhundert), das während der Ausgrabung des Tempels gefunden wurde, datiert. Der künstlerische Wert dieser feinen Skulptur ist allgemein anerkannt.

Neben ihrer Arbeit bei Ajrtam führte die Termez-Expedition auch Grabungen in Termez selbst durch, wo zwischen 1936 und 1938 vieles aus der Kuschan-Zeit stammende wertvolle Material entdeckt wurde. Wir wollen vor allem die Entdeckung eines buddhistischen Höhlenklosters auf dem Hügel von Kara-Tepe (durch E. G. Pčelina) vermerken, wo nach einer langen Unterbrechung die Grabungen in den letzten Jahren von B. J. Staviskij erfolgreich wiederaufgenommen worden sind. Die Arbeit bei Termez regte eine weitere Erforschung dieses Teils von Zentralasien an, die zur Entdeckung einer Reihe bemerkenswerter Stationen führte, die heute eine hervorragende Stellung in der Archäologie Zentralasiens einnehmen.

Chalčajan. Auch diese Stadtstation, die aus einer Gruppe einzelstehender Hügel beim Dorfe Chalčajan in Süd-Ösbekistan (nahe dem Surchan-Darja-Fluß im Osten von Termez) besteht – eine der wichtigsten in den letzten Jahren entdeckten Stationen – wird in die Kuschan-Zeit datiert (1. Jahrhundert v. Chr. bis 2. Jahrhundert n. Chr.). Die Ausgrabung eines der Hügel durch G. A. Pugačenkova (1962–64) förderte ein wohlerhaltenes kleines Gebäude im Stile eines Palastes zutage. »Rechteckig in der Anlage, besteht es aus einem sechssäuligen fünfjochigen Iwan [nach einer Seite offener überwölbter Raum, persisch *aiwān*] mit einer länglichen Halle dahinter, einem Zimmer mit zwei Säulen und einer Zahl anstoßender Wohnräume mit verbindenden Fluren«[13] – insgesamt acht Zimmer. In diesem Gebäude fand man Steinbasen für die Holzsäulen, welche die Dachbalken trugen, ferner gebrannte Dachziegel, Antefixe und gestufte Zinnen aus der Überdachung.

Die Ausgrabungen erbrachten auch eine beachtliche Menge Tongeschirr, verschiedene Werkzeuge und Utensilien, Münzen usw. Von hohem Interesse waren einige Fragmente einer Tonskulptur, welche die Wände des Iwan und die Haupthalle geschmückt hatten. Einige davon waren in Basrelief, die meisten jedoch in Hochrelief oder fast vollplastisch ausgeführt. Insgesamt stellten sie eine Skulpturengalerie mit einer Vielfalt von Sujets dar. In einigen Stücken sieht Pugačenkova Kopien von Figuren der klassischen Götter und Göttinnen: Athene, Apollo, auch Satyrn usw. Am interessantesten sind jedoch die Darstellungen verschie-

88 *Skulpturfragment, Gips. Varachša, 8. Jahrhundert n. Chr.*

dener Personen, die zweifellos der einheimischen Bevölkerung angehörten.

Es war leider nicht möglich, die ursprüngliche Anordnung der Figuren vollständig zu rekonstruieren; jedoch gelang es Pugačenkova, ausgehend von der Lage der Bruchstücke im Schutt, die Anordnung der verschiedenen Stücke in der *Haupthalle,* wo die wichtigsten Entdeckungen gemacht worden waren, zu erschließen und die Sujets zu interpretieren. Am oberen Rande der Wände verlief ein Fries aus Girlanden, die von italienischen Putti gleichenden Knaben getragen wurden, mit Mädchen, Musikanten, Tänzern, Satyrn und anderen Gestalten aus dem Dionysoskult. Unterhalb des Frieses befand sich eine Anzahl plastischer Kompositionen mit verschiedenen Themen. In einer Gruppe ließen sich die sitzenden Gestalten eines Königs und einer Königin unterscheiden, die von ihrer Familie umgeben waren, während über ihren Häuptern drei Gottheiten, darunter eine geflügelte Nike, schwebten. Eine andere Gruppe bestand aus nicht weniger als zehn Figuren mit ausgesprochen individuellen Zügen, was vermuten läßt, daß es sich um Porträts bestimmter Personen handelte, die alle an einer feierlichen Zeremonie teilnahmen. Eine weitere Gruppe wiederum, die einen großen Teil der Wand bedeckt haben muß, bestand aus Reitern. Man fand Fragmente von sechs oder sieben Pferden in vollem Galopp. Die Reiter waren in dicht anliegenden gegürtelten Tuniken und in Hosen gekleidet und trugen weichsohlige Stiefel. Auf einem der Bruchstücke sieht man eine Hand, die einen Bogen spannt. Von besonderem Interesse sind auch die Bruchstücke eines schwerbewaffneten Reiters, der ein Panzerhemd aus großen Metallplatten trägt und auf einem Pferd mit einem Panzer aus Lederplatten sitzt (sofern Pugačenkovas Deutung zutrifft).[14]

Diese bewaffneten Reiter in Chalčajan erinnern an die Reiterfiguren in den berühmten parthischen Kunstwerken, die man bei Dura-Europos gefunden hat. Sie entsprechen Plutarchs bekannter Beschreibung der parthischen Kataphrakten, die ja auch 63 v. Chr. bei Karrhae gegen die Römer kämpften. Bei seiner Ausgrabung eines Grabes dieser Periode bei Ujgarak im unteren Syr-Darja-Tal fand S. P. Tolstov Reste einer Rüstung, die denen von Chalčajan ähneln.

Auf derselben Station fand man eine Zahl kleiner plastischer Arbeiten und ein kleines Terrakotta-Medaillon mit der eingeprägten Darstellung eines bärtigen Mannes, der auf einem Throne saß und einen *Kaftan* (eine lange umgürtete Tunika), einen spitzen Hut und hohe Stiefel trug. Zu seiner Rechten steht eine kleinere Figur in derselben Tracht, vielleicht sein Neffe, zu seiner Linken eine

89 *Buddhahaupt, Ton. Buddhistisches Kloster von Adžina-Tepe, 7.–8. Jahr-*
hundert n. Chr. (Aufnahme: Institut für Geschichte der Akademie der Wis-
senschaften der SSR Tadschikistan)

Kopf, Ton. Buddhisti- 90
sches Kloster von Adžina-
Tepe, 7.–8. Jahrhundert n. Chr.
(Aufnahme: Institut für Geschichte
der Akademie der Wissenschaften der
SSR Tadschikistan)

kleine Nike. Der Thron, auf dem die Hauptfigur sitzt, ist von zwei Löwen getragen, die en face gegeben sind. Das Medaillon ist offenbar eine Nachbildung der bekannten Steinskulptur von Mathura, die als ein Porträt des Wima Kadphises gilt, eines der frühen Kuschankönige. Ein Bruchstück einer ähnlichen Steinskulptur entdeckte man in Surch Kotal.

Außer der Skulptur fand man auch einige kleinere Fragmente von Malereien mit Resten von menschlichen Gestalten und vielen dekorativen Details (Blattwerk, Blumen, Reben usw.).

Man kann die Bedeutung der Entdeckungen bei Chalčajan, vor allem der Monumentalskulpturen, kaum überschätzen. Chalčajan stellt ein frühes Entwicklungsstadium des Stiles dar, den Schlumberger, auf Grund der bescheideneren bei Surch Kotal gefundenen Überreste, den »dynastischen« Stil genannt hat, im Gegensatz zur Tempelkunst des Buddhismus. In dieser Beziehung steht Chalčajan kaum hinter Nisa zurück.

Toprak-Kala. Die interessanteste der Stationen aus der Kuschan-Zeit ist Toprak-Kala. 1938 von S. P. Tolstov entdeckt, wurde sie 1945 und in den folgenden Jahren ausgegraben.

Toprak-Kala ist eine Station von regelmäßiger Rechteckform, 500 m lang und 350 m breit, von Wällen mit rechteckigen Türmen umgeben. Die Nordwestecke wird von einem großen Palast eingenommen, dessen Überreste Hauptziel der Ausgrabung waren. Aus Luftziegeln erbaut, besteht der Palast aus einem Innenhof, umgeben von einer großen Zahl von Räumen von verschiedener Anlage und Zweckbestimmung, mit drei Türmen (je einer in der Nordwest- und Nordostecke und ein dritter auf der Südseite). Besonders interessant ist die Gruppe von Repräsentationsräumen, die wegen ihrer Größe bemerkenswert sind: der als »Halle der Könige« bekannte Saal nimmt eine Fläche von 280 m² ein.

In der Halle der Könige fanden die Ausgräber eine Fülle von Bruchstücken bemalter Tonskulpturen *(Abb. 54),* die in Abständen entlang den Wänden lagen. Tolstov glaubte, daß dies Darstellungen »der Könige von Choresmien mit ihren Frauen, den nahen Vertrauten und Schutzgöttern sind«[15]. Die Ausschmückung der Halle wurde durch Wandmalereien vervollständigt, die leider in schlechter Verfassung sind; nach den erhaltenen Teilen zu schließen, waren sie teilweise ornamental und teilweise Darstellungen bestimmter Sujets. Reste von Reliefs und sogar von nahezu vollplastischen Figuren *(Abb. 61)* von Königen, Kriegern, Tieren usw. fand man in einigen anderen Repräsentationsräumen. Nach Tolstov waren viele davon als Porträts, zweifellos von Königen der choresmischen Dynastie, gedacht. Eine Reihe von Räumen wurde als zum königlichen Harem gehörig identifiziert. In diesen waren die Wände mit Gemälden geschmückt *(Abb. 48),* auf deren erhaltenen Fragmenten man Figuren von Musikern, Trauben pflückenden Frauen u. a. erkennen kann.

Die Ausgräber fanden auch mehrere Dutzende schriftlicher Dokumente in choresmischer Sprache auf Holztäfelchen oder Leder. Die meisten davon waren finanzieller oder administrativer Natur. Einige der Dokumente waren nach einer Ära datiert, deren Ausgangspunkt noch nicht bestimmt worden ist.

Interessant ist auch die »Waffenschmiede« des Palastes, eine Werkstatt für die Herstellung von Bogen.

Tali-Barzu. Diese Station, die 1936–39 von G. V. Grigor'ev ausgegraben wurde, erbrachte ein reiches Material, das charakteristisch ist für die Kultur Sogdiens. Sie liegt 6 km südlich von Samarkand, inmitten eines dichtbesiedelten Vororts der Stadt. Nur ein Teil der alten Siedlung ist erhalten geblieben, in Form von isolierten Ruinen von Bauten aller Art, einschließlich Überresten der Befestigungswälle. Das Gesamtareal der Station beträgt etwa 5 ha. Im Zentrum des Gebiets befand sich ein großer, 18 m hoher Erdwall. Die stratigraphische Erforschung der Station förderte eine Anzahl verschiedener Siedlungsschichten (T. B. I–V) zutage. Grigor'evs ursprüngliche Datierung der Station (vom 6.–5. Jahrhundert v. Chr. bis zum 8. Jahrhundert n. Chr.) hat sich als zu früh herausgestellt. Mit Hilfe des Materials aus anderen Stationen in Zentralasien hat man nachgewiesen, daß die Hauptschichten von Tali-Barzu (T. B. II und III) in die Zeit zwischen dem 1. und dem 4. Jahrhundert n. Chr. zu datieren sind.

Die bei den Ausgrabungen gefundene Fülle an Material – feine Keramik, Terrakotten, Siegelabdrücke usw. – bewies das in Sogdien während dieser Jahrhunderte erreichte hohe Kulturniveau. Keramikgefäße von exzellenter Ausführung fanden sich in reich-

91 *Kopf, Ton. Buddhistisches Kloster von Adžina-Tepe, 7.–8. Jahrhundert n. Chr. (Aufnahme: Institut für Geschichte der Akademie der Wissenschaften der SSR Tadschikistan)*

haltiger Auswahl; die interessantesten davon sind kugelförmige Krüge, ähnlich den griechischen *oinochoai,* verschiedene Typen von Bechern und Pokalen, Vasen *(Abb. 37, 77, 81)* usw. Viele von diesen Gefäßen sind mit charakteristischen Mustern geschmückt, am häufigsten in Form von breiten Bändern von roter und schwarzer Farbe. Ein anderer charakteristischer Zug ist die Anbringung von gegossenen Ornamenten, gewöhnlich menschliche Köpfe darstellend und oft von feinster Ausführung, unter den Henkeln der Gefäße.

Die Kurgan-Nekropolen. In ganz Zentralasien hat man eine große Zahl von Nomadenstämmen angelegter Nekropolen entdeckt, die aus dem 2. Jahrhundert v. Chr. bis zum 4. Jahrhundert n. Chr. stammen. Sie sind als *Kurgan-*Nekropolen bekannt, nach dem einheimischen Wort für einen Erdwall oder Tumulus. Im allgemeinen ist jedes Grab von einem dieser Tumuli bedeckt. Sie sind von mehr oder weniger regelmäßiger konischer Form, gewöhnlich aus Erde, in einigen Gebieten jedoch aus Steinen, wobei der letztere Typus über dem Erdboden nur durch seine Dimensionen ausgemacht werden kann. Die Nekropolen enthalten oft mehrere hundert *Kurgane.*

Die Forschungen der letzten Jahrzehnte haben gezeigt, daß obwohl sich diese Friedhöfe in ganz Asien finden, die Häufigkeit ihres Auftretens von Gebiet zu Gebiet beträchtlich schwankt. Sie sind besonders zahlreich in den Vorgebirgsgegenden: Ferghana, Siebenstromland, am unteren Syr-Darja. Man findet sie auch am Außenrand des besiedelten Ackerlandes im Westteil des Serafschantals und in gewissen Gebieten im Süden der zentralasiatischen Republiken.

Die Ausgrabung dieser Gräber ist relativ einfach im Vergleich zu den großen Skythenkurganen, und natürlich sehr viel einfacher als die Ausgrabung bewohnter Stationen. Die Deutung der Ergebnisse jedoch ist äußerst schwierig, sowohl in chronologischer als auch in ethnischer Hinsicht.

Die sowjetischen Archäologen klassifizieren die Kurgane nach deren Konstruktionsart als »Schachttyp« *(podbojnye),* »Katakombentyp« *(katakombnye)* und »Untergrundtyp« *(gruntovye).* Der Schachttyp besteht aus einer länglichen Grube, an deren

92 *Applik: Frauenkopf. Pendžikent, 7.–8. Jahrhundert n. Chr. (Aufnahme: Institut für Archäologie, Leningrad)*

Langseite sich eine Vertiefung oder Nische befindet; in diese Nische legte man den Körper. Der Katakombentyp besteht aus einer weiten gewölbten Kammer mit engem Eingang, an den man unter Umständen durch einen Dromos herankommt.

In den Vorgebirgsgegenden Ferghanas finden sich neben den Kurganen häufig die sogenannten *kurum* oder *mug-chana,* eine runde aus Steinen gefügte Kammer mit einem ausgebauten Zugang und einem kuppelförmigen Dach.

Einige Forscher legen besonderen Wert auf die Orientierung des Körpers, die Richtung, wohin das Haupt weist, die nach ihrer Annahme mit besonderen religiösen Vorstellungen verknüpft ist. Der Autor der vorliegenden Arbeit hält es für wahrscheinlich, daß die Orientierung des Körpers die Richtung angibt, woher der Klan oder Stamm, der das Grab ursprünglich erbaute, kam.

Die Nekropolen liefern oft äußerst wertvolles archäologisches Material. Außer mit Kleidung, verschiedenen Geräten und Utensilien, Schmuck *(Abb. 56, 62, 63)* und Toilettenartikeln *(Abb. 53, 64)* waren die Gräber mit einer Vielfalt von Ton und Holzgefäßen ausgestattet *(Abb. 52, 67–69),* welche Speise (wovon gewöhnlich einige Tierknochen bewahrt sind) und anderes enthielten.

Die Ausgrabungen der Friedhöfe haben auch beträchtliche Mengen von Knochen zutage gefördert, die von den Anthropologen untersucht worden sind. Es ergab sich, daß i. a. zwei anthropologische Typen dominieren: der europide (»Pamir-Ferghana«) Typ und der gemischte Typ, mit einigen mongoliden Einschlägen. Die mongoliden Züge sind ein Beweis für den Assimilationsprozeß, der die Wanderungen der Nomadenstämme während dieser Jahrhunderte begleitete, ein Prozeß, der auch in späteren Epochen der zentralasiatischen Geschichte vor sich ging.

Die Nekropole von Tup-Chona. Die Archäologen haben der Untersuchung der Begräbnissitten der seßhaften Bevölkerung, vornehmlich der Stadtbevölkerung, weit weniger Aufmerksamkeit gewidmet. Nach Arrians bekanntem Bericht über die Hauptstadt Baktriens lagen die Menschenknochen auf den Straßen herum. Die Toten, so berichtet er, wurden nicht der Erde übergeben, sondern auf die Straßen hinaus oder über die Stadtwälle hinweggeworfen. Falls man diesem Bericht trauen darf, übte also die seßhafte Stadtbevölkerung nicht den Brauch, die Toten in der Erde zu begraben

93 *Applik: Haupt des Dionysos. Pendžikent, 7.–8. Jahrhundert n. Chr. (Aufnahme: Institut für Archäologie, Leningrad)*

und brauchte infolgedessen keine Grabhügel über ihren Körpern zu errichten.

Einige Fachgelehrte bezweifeln die Verläßlichkeit dieses Berichtes. Die geringe Anzahl von Friedhöfen bei der Stadtbevölkerung bestätigt jedoch bis zu einem gewissen Grade Arrians Erzählung. Wahrscheinlich ist diese alte Tradition noch nach Alexander bewahrt geblieben, obwohl Arrian versichert, daß Alexander den Brauch abschaffte.

Wie dem auch sei, der einzige Friedhof bei der Stadtbevölkerung dieser Zeit, der Gegenstand archäologischer Untersuchung gewesen ist, ist die Nekropole von Tup-Chona bei Hissar (westlich von Dušanbe), wo 1948–49 von M. M. D'jakonov Ausgrabungen gemacht wurden.

Die Grabstätten von Tup-Chona sind durch das Fehlen von Aufbauten über dem Grabe charakterisiert. Die große Mehrzahl der Gräber stammt aus der gräkobaktrischen und der Kuschan-Zeit. Die Toten waren in einer rechtwinkligen Grube bestattet, sie lagen auf dem Rücken mit dem Kopf nach Norden. Die Gräber enthielten verschiedene Schmuckgegenstände, zuweilen Spiegel, oft Münzen, die dem Toten in den Mund oder auf die Brust gelegt waren, ein offenbar den Griechen entlehnter Brauch (»Charons Obulus«). Das Grab war mit Luftziegeln überdacht.

Sporadisch hat man in anderen Teilen Zentralasiens durch Zufall Grabstätten seßhafter Völker entdeckt. Sie weisen eine Reihe charakteristischer Züge auf; so sind in manchen Fällen die Wände des Grabes mit Steinplatten eingefaßt, eine Art Korb bildend. Auch Beisetzung in Tonsärgen kam vor. Es ist auch wahrscheinlich, daß die Sitte, nur die Knochen in Ossuarien zu bestatten, nachdem das Fleisch vom Körper entfernt worden war, aus dieser Periode stammt.

IV Von Kuschan zur arabischen Eroberung

Die äußeren Ursachen des Untergangs des Kuschan-Reiches liegen nach den Quellen klar zutage. Es waren: die Ausdehnung des sassanidischen Iran, die Bildung des Nationalstaats der Guptas in Indien und eine neue Wanderwelle von Nomadenstämmen aus Zentralasien. Diese Ereignisse fanden nicht alle zur gleichen Zeit statt: der Angriff der Sassaniden auf das Kuschan-Reich oder jedenfalls die erste sassanidische Bedrohung geschah in den frühen vierziger Jahren des 3. Jahrhunderts, während die Bildung des Gupta-Staats und das Auftreten neuer Nomadenvölker auf der politischen Arena nicht vor der ersten Hälfte des 4. Jahrhunderts angesetzt werden können.

Das für das zukünftige Geschick Zentralasiens wichtigste dieser drei Ereignisse war die Bewegung der Nomadenvölker. Sie ist als ein Teil der großen nomadischen Wanderwelle zu betrachten, die in der Geschichte Westeuropas als die »Völkerwanderung« be-

94 *Kopf einer Sirene, Terrakotta. Pendžikent, 7.–8. Jahrhundert n. Chr. (Aufnahme: Institut für Archäologie, Leningrad)*

kannt ist. Man kennt die verschiedenen Namen dieser Völker: Chioniten, Hunnen, Weiße Hunnen, Hephthaliten. Die letzten zwei Bezeichnungen scheinen synonym zu sein, d. h. sich auf dasselbe Volk zu beziehen. Über die Chioniten gibt es einige Meinungsverschiedenheiten: einige Fachgelehrte betrachten sie als mit den Weißen Hunnen identisch, andere halten diese für zwei verschiedene Völker. Tatsächlich erscheinen die Chioniten nur in einigen wenigen Episoden in der Geschichte Zentralasiens. Unsere Hauptkunde über sie stammt von dem römischen Historiker Ammianus Marcellinus.

Laut Ammianus besiedelten die Chioniten um die Mitte der fünfziger Jahre des 4. Jahrhunderts ein Gebiet im Südosten des Kaspischen Meeres. Der Historiker sah ihr Lager während der Belagerung der römischen Grenzstadt Amida[16] in Mesopotamien durch Schapur II., Kaiser von Iran, im Jahre 359, als sie im Bündnis mit den Persern kämpften, mit eigenen Augen. Später tauchen sie wieder auf, jetzt jedoch als Feinde der Sassanidenkönige Bahrām [Varahran] V. (420–438) und Yazdagird II. (438–457). Ihnen schreibt man auch die endliche Zerstörung der Macht der Kuschan in Zentralasien und Nordafghanistan zu.

Über die »Weißen Hunnen« oder Hephthaliten sind wir sehr viel besser informiert. Sie sind in byzantinischen, indischen, chinesischen, arabisch-persischen, armenischen und anderen Quellen gut belegt. Dennoch gibt es sehr differierende und oft widersprüchliche Ansichten über eine Reihe von Fragen der Geschichte des von ihnen gegründeten Staates. Wohlinformierte chinesische Chroniken bezeichnen bestimmte Gebiete in Ostturkestan (Turfan) als ihre Heimat. Nach diesen Berichten wurden sie aus diesem Gebiet infolge eines Streites mit den benachbarten Žou-žan-Stämmen vertrieben.

Dieselben Quellen verlegen die Bildung des Hephthalitenstaates auf die fünfziger Jahre des 5. Jahrhunderts. Als Hauptstädte geben sie Lan-schi und Pati-yen an, die man bisher nicht hat identifizieren können. Wie früher die Kuschan (Yüäh-tschi) richteten die Hephthaliten ihre Hauptstoßkraft gegen Nordindien, wo sie mit dem Gupta-Reich zusammenstießen. Die Guptas vermochten jedoch ihren Vormarsch ins Herz Hindustans aufzuhalten. Die

95 *Applik: König mit Lyra, Thron von zwei Elefantenköpfen flankiert. Pendžikent, 7.–8. Jahrhundert n. Chr. (Aufnahme: Institut für Archäologie, Leningrad)*

Hephthaliten widerstanden erfolgreich wiederholten Angriffen
der Sassaniden auf ihr Gebiet; bei einem dieser Feldzüge wurde
Schah Peroz (457–484) getötet, und seine Nachfolger mußten sich
verpflichten, dem König der Hephthaliten einen hohen Tribut zu
zahlen. Dies war eine Zeit tiefen Niederganges für den sassanidischen Iran. Um die Mitte des 6. Jahrhunderts jedoch, während der
Regierung Ḫusraus I. (530–570), gewann er seine wirtschaftliche
und militärische Stärke wieder und nahm seine Angriffe gegen die
Hephthaliten von neuem auf.

Zur selben Zeit (also um die Mitte des 6. Jahrhunderts) bildete sich ein zweites »Steppenreich«, das Türkische Chanat, an den Nordostgrenzen Zentralasiens; es nahm ein ungeheures Gebiet von den Grenzen Chinas bis in die südrussischen Steppen ein. Als Ergebnis gleichzeitiger militärischer Operationen Ḫusraus I. und des türkischen Chans wurde der Hephthalitenstaat zwischen 563 und 565 zerstört und sein Gebiet zwischen Iran und dem Türkischen Chanat aufgeteilt. Die Grenze zwischen den beiden Staaten verlief westlich von Balch, wahrscheinlich am Fluß Murgab entlang.

Diese friedliche Demarkation der Einflußsphären hatte jedoch keinen langen Bestand. Noch während Ḫusraus Regierungszeit kam es zu ernsthaften Reibungen zwischen Iran und dem Chanat, und während der Regierung Hurmizds (570–590) sogar zu einem militärischen Konflikt. Während dieser Feindseligkeiten zeichnete sich Hurmizds General Bahrām Čubin durch vielgepriesene Heldentaten besonders aus, er bereitete dem Türkenheer eine vernichtende Niederlage. Da er verdächtigt wurde, ehrgeizige Pläne für sich zu hegen, fiel er in Ungnade; daraufhin unternahm er einen Aufstand gegen den Schah und bemächtigte sich des Thrones. Der byzantinische Kaiser intervenierte nun zugunsten des Erben des Sassanidenthrones, Ḫusraus II., und besiegte Bahrām Čubin, der ins türkische Hauptquartier floh und dort verräterisch umgebracht wurde. Infolge dieser Ereignisse verblieb Zentralaisen unter der Herrschaft des Türkischen Chanats.

Hier wollen wir nun kurz die innere Lage Zentralasiens unter hephthalitischer und türkischer Herrschaft betrachten. Die vielleicht interessantesten Beobachtungen über die ältere Periode finden sich in den Werken des byzantinischen Historikers Prokop, der folgendes über die Hephthaliten zu sagen weiß: »Obwohl die Hephthaliten ein Volk aus hunnischem Geschlecht sind, mischen sie sich nicht mit den Hunnen, die wir kennen und haben keine Verbindung mit ihnen . . . Sie sind keine Nomaden wie andere Hunnenstämme, sondern siedeln seit undenklichen Zeiten in einem fruchtbaren Gebiet . . . Von allen Hunnen sind sie die einzigen, die weißhäutig und nicht häßlichen Aussehens sind. Auch in ihrer Lebensweise unterscheiden sie sich von den anderen Hunnen,

96 *Applik: König auf Kamel reitend, Terrakotta. Pendžikent, 7.–8. Jahrhundert n. Chr. (Aufnahme: Institut für Archäologie, Leningrad)*

da sie nicht so zügellos leben wie sie. Sie werden von einem einzigen König regiert und bilden einen wohlgeordneten Staatskörper, da sie Gerechtigkeit unter sich und ihren Nachbarn gegenüber beachten.«[17]

Dem können wir hinzufügen, was uns Menander über die Entwicklung einer städtischen Zivilisation bei ihnen berichtet. In dieser Hinsicht unterscheiden sich die Hephthaliten wenig von den Kuschan. Es ist bedeutsam, daß nach den chinesischen Quellen

»das regierende Haus der Yeh-ta (das ist die chinesische Bezeichnung der Hephthaliten) vom selben Geschlechte wie die Großen Yüäh-tschi abstammte«, obwohl, wie die Chronik fortfährt, »andere sagen, daß die Yeh-ta ein Zweig des Kao-tschu (Kirgisen-)-Stammes sind«.[18] Wie dem auch sei, es spricht gewiß nichts dafür, daß während der Zeit der Hephthalitenherrschaft in Zentralasien akute Konflikte zwischen den seßhaften städtischen und Ackerbau treibenden Kulturen einerseits und der Welt der Nomaden andererseits bestanden. Die überkommenen Nachrichten besagen, daß unter den Türken die allgemeine Lage in Zentralasien gleichfalls stabil geblieben war. Die Türkenchane begnügten sich nach der Etablierung ihrer Macht im Siebenstromland damit, die Oberherrschaft auszuüben und griffen kaum in die inneren Angelegenheiten des Landes ein. In einigen Gebieten verblieb die Autorität in den Händen von Lokaldynastien. Einige davon waren hephthalitischen Ursprungs; andere, gewiß die Mehrheit, leiteten ihre Abstammung von der Kuschan-Dynastie her. Ihre Untertänigkeit dem Chanat gegenüber drückte sich in ihrer Anerkennung der Oberhoheit des herrschenden Chans aus, ferner offensichtlich auch in der Zahlung eines festgelegten Tributs an die Türken, allerdings haben wir darüber keine direkte Nachricht.

Die wichtigste Tatsache des Wirtschaftslebens in diesen Jahrhunderten war, daß der internationale Handel weiterhin blühte, und die Chane bewiesen beharrlich das lebhafteste Interesse an seiner Entwicklung. In diesem Handelsverkehr, der entlang der seit alters bestehenden Großen Seidenstraße verlief, erlangten die Sogder eine beherrschende Stellung. Die Kaufleute der sogdischen Städte wurden die Hauptförderer internationaler Handelsbeziehungen in dieser Zeit. Der blühende Handel, der sich in Sogdien entwickelte, führte zur Entstehung einer Kette von zu diesem Zwecke gegründeten Städten, die sich von den Nordgrenzen Zentralasiens durch das Siebenstromland, Ostturkestan und die Mongolei bis zur Großen Chinesischen Mauer erstreckte; ihre Bedeu-

97 *Sirene, Terrakotta. Pendžikent, 7.–8. Jahrhundert n. Chr. (Aufnahme: Institut für Archäologie, Leningrad)*

tung bei der kulturellen Entwicklung dieser Gebiete kann kaum überschätzt werden.

Die Gestalt eines sogdischen Kaufmannes aus Samarkand namens Maniach, der vom Türkenchan den Ehrentitel eines *Tarchan* [steuerbefreiten und mit anderen Privilegien versehenen Adligen] erhielt, kann als typisch für diese Zeit betrachtet werden. Vom Chan mit einer besonderen diplomatischen Mission betraut, besuchte er die Hauptstädte des Byzantinischen Reiches und des sassanidischen Irans, um die Interessen des sogdischen Handels zu vertreten.

Außer den Sogdern waren natürlich auch Kaufleute aus anderen Gebieten Zentralasiens an diesem Handelsverkehr beteiligt. Die Liste von Gesandtschaften, die E. Chavannes aus den Chroniken des Kaiserlichen Hofes von China ausgezogen hat, umfaßt Gesandte aller Fürstentümer Zentralasiens, und, wie V. V. Barthold bemerkt hat, waren diese Gesandtschaften in weitem Umfang Handelsmissionen.

In dieser Zeit spielte die grundbesitzende Klasse der Dihqāne eine führende Rolle im Aufbau der Gesellschaft. Die Dihqāne lebten vornehmlich in befestigten Burgen, jeder mit seiner eigenen Truppe von Gefolgsleuten, die er als Teil der Streitmacht des Fürstentumes in den Kampf führte. In vieler Beziehung erinnern die Dihqāne an die Ritter des mittelalterlichen Europa; aber während in Westeuropa ein scharfer Konflikt zwischen den Interessen der Städte und denen der feudalen Burgen bestand, kam es in Zentralasien, soweit wir dies beurteilen können, nie zu einer Kollision zwischen dem feudalen Landadel und der Klasse der Kaufleute.

Hier mag es angebracht sein, Bartholds Ansichten über diesen Gegenstand in leicht gekürzter Form zu zitieren. Über die allgemeinen Lebensbedingungen in Zentralasien vor der arabischen Eroberung schreibt er u. a.: »Hauptmerkmal dieses Lebens ist die Herrschaft des Landadels, der sogenannten Dihqāne . . . Die örtlichen Herrscher waren nur die ersten Edelleute; und sogar die

98 *Skulptur in Terrakotta: Drachenkampf. Pendžikent, 7.–8. Jahrhundert n. Chr. (Aufnahme: Institut für Archäologie, Leningrad)*

mächtigsten unter ihnen nannten sich wie ihre Untertanen Dihqāne . . . Der Geldadel, d. h. die durch den Karawanenhandel zwischen China und anderen Ländern reich gewordenen Kaufleute,
nahm offensichtlich eine besondere Stellung ein . . . Sie besaßen
weitausgedehnte Güter, lebten in Burgen und unterschieden sich
ihrer Stellung nach kaum von den Dihqānen.«[19]

Schließlich wollen wir noch auf die ideologische und religiöse Situation in Zentralasien eingehen. Charakteristisch für diese Epoche ist das Fehlen jeder einheitlichen offiziellen Religion unter
Staatsschutz. Dies ist eine Tatsache von besonderer Bedeutung,
wenn man bedenkt, daß im Nachbarlande Iran der Zoroastrismus
zu eben dieser Zeit den Status einer Staatsreligion erhielt und daß
sich entsprechendes im christlichen Byzanz findet.

In Zentralasien war die Lage völlig anders. Und obwohl die
schriftlichen Quellen zeigen, daß der Zoroastrismus (die Religion
der Magier) recht weit verbreitet war, blühten doch auch andere
Religionen (Buddhismus, christliche Gemeinden), zumindest in
gewissen Gebieten. Ein noch wichtigerer Zug auf ideologischem
Gebiet war die Tatsache, daß Zentralasien Anhängern solcher von
der offiziellen zoroastrischen Doktrin her gesehen häretischen
Sekten wie dem Manichäismus und später der Mazdakitenbewe-
gung eine Zufluchtsstätte bot, Systemen extrem dualistischer Tendenz, die (vor allem letztere) die Volksmassen anzogen. Eine Lage
dieser Art war dazu angetan, die Herausbildung synkretistischer
Glaubensbekenntnisse zu fördern, und dies geschah auch tatsächlich.

Dies war die allgemeine Sitaution in Zentralasien, als an seinen
Grenzen neue Eroberer erschienen, die Araber.

Wenn wir die Mitte des 4. Jahrhunderts n. Chr. als zutreffendes
Datum für den Fall des Kuschanreiches ansetzen, dann fand die
Ankunft der Araber in Zentralasien (651, Datum der Einnahme
von Merv) genau drei Jahrhunderte später statt.

Die Geschichte der Eroberung Zentralasiens durch die Araber,

99 *Friesfragment, Frau darstellend, verkohltes Holz. Pendžikent, Ende 7. bis
Beginn 8. Jahrhundert n. Chr.*

über die wir viele schriftliche Quellen besitzen, ist Gegenstand eingehender Untersuchungen gewesen, und der zeitliche Ablauf der Ereignisse kann mit einer Präzision verfolgt werden, wie sie für frühere Perioden unmöglich ist. Die Quellen erlauben uns, eine bedeutsame Beobachtung zu machen, nämlich daß während die Araber im Iran nur etwa 15 Jahre (637–651) brauchten, um das mächtige Sassanidenreich vollständig zu erobern, die Errichtung ihrer Herrschaft in Zentralasien fast eines Jahrhunderts entschlossener Bemühungen bedurfte. Der Grund dafür war, daß sie in Zentralasien auf den erbitterten Widerstand der einheimischen Bevölkerung stießen. Erst seit der Mitte des 8. Jahrhunderts können wir infolgedessen das Auftauchen der neuen muslimischen Kultur, welche die arabische Eroberung begleitete, feststellen. So umfaßt die Nach-Kuschan-Zeit in der Geschichte Zentralasiens etwa 4 Jahrhunderte, von der Mitte des 4. bis zur Mitte des 8. Saeculums.

Das archäologische Material über diese Jahrhunderte ist so umfangreich, daß es sogar in einer Monographie kaum vollständig dargestellt werden kann. All die verschiedenen Aspekte der Archäologie dieser Zeit: bildende Kunst, Architektur, in noch höherem Grade die materielle Kultur, bedürfen besonderer detaillierter Untersuchungen. Sogar in der vorsowjetischen Zeit existierte bereits eine Fülle von archäologischen Funden aus diesen Jahrhunderten; und während der letzten dreißig Jahre sind in Zentralasien Dutzende, wenn nicht Hunderte, von Stationen mit Material aus der Nach-Kuschan-Zeit entdeckt worden. Da es in unserer Studie unmöglich ist, eine lückenlose Übersicht über das Gebiet zu geben oder auch nur alle heute bekannten Stationen zu erwähnen, werden wir nur über jene sprechen, welche die Kultur dieser Zeit am vollständigsten illustrieren.

Balalyk-Tepe. In der Zeit vor der arabischen Eroberung finden wir viele isolierte Burgen oder Festungen in ganz Zentralasien. Sie sind in Choresmien (Tešik-Kala, Jakke-Parsan usw.), im Gebiet von Taschkent (Ak-Tepe), Ferghana (Kala-i Bolo), Sogdien (Kala-i Mug und Batyr-Tepe) und im Kaschka-Darja-Tal (Aul-Teṕe) erforscht worden, viele Überreste von ihnen auch im Termez-Gebiet (u. a. Džumalak-Tepe, Zang-Tepe). Obwohl örtliche

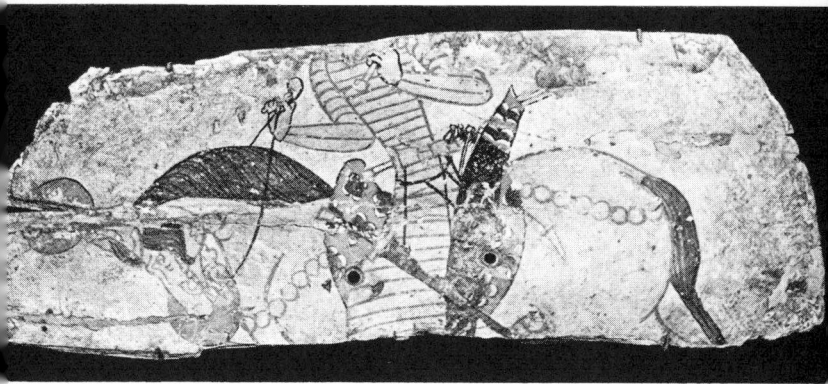

100 *Schildfragment, Holz, bezogen mit bemaltem Leder. Berg Mug, Beginn 8.
Jahrhundert n. Chr.*

Varianten in der Anlage aufweisend, stellen sie allesamt einen
ähnlichen Typus dar: Wohnung und Gehöft eines feudalen Grund-
besitzers. Ein charakteristischer Zug dieser Festungen (oder jedenfalls der meisten bisher erforschten) ist die Errichtung der
Wohnung auf einem kunstvollen Stylobat.

Wir wollen die Festung Balalyk-Tepe, etwa 15 km südlich von
Termez, die für diese Bauweise typisch ist, etwas näher betrachten.
Sie wurde von L. I. Al'baum entdeckt und ausgegraben. Es ist dies
ein kleines Gebäude, 30 m im Quadrat, auf einem Stylobat von
etwa 6 m Höhe stehend, und enthält 15 Räume. Der interessanteste davon ist ein kleines quadratisches Zimmer im Zentrum,
4,85 m × 4,85 m, mit Bänken aus Pisé, die an den Wänden entlang
laufen. Dies war das Empfangszimmer, das einzige im Hause, wie
aus seinem Grundriß und aus den sehr interessanten Wandmalereien hervorgeht.

Die Malereien von Balalyk-Tepe sind mehr oder weniger gut er-
halten, i. a. jedoch gut genug, um das Haupthema zu erkennen: alle
Gemälde stellen ein feierliches Bankett dar, an dem eine große
Zahl von Personen teilnimmt. Die Malereien, die an drei Wänden

bewahrt geblieben sind, enthalten 47 Gestalten von Männern und Frauen in prächtigen, vielfarbig gemusterten Gewändern. Die Gestalten gliedern sich in zwei ganz verschiedene Gruppen: im Vordergrund die Festteilnehmer, in einer Vielzahl von Posen, entweder mit gekreuzten Beinen oder in halbzurückgelehnter Haltung sitzend, hinter ihnen (kleiner dargestellt) servierende Mädchen mit großen Fächern (?). Die Gestalten sind zum größten Teil in Zweier- oder Dreiergruppen angeordnet. Zwischen den Gruppen stehen Diener. Die Festteilnehmer sind entweder en face oder im Dreiviertelprofil gegeben. In der einen Hand halten sie einen Becher oder Pokal, viele von ihnen haben in der anderen Hand einen kugelförmigen Gegenstand auf einem schlanken Stiel. An ihrer Hüfte tragen die Männer entweder einen Dolch in einer hübschen Scheide oder verschiedene Behälter, vermutlich für Toilettengegenstände (Spiegel?). Die Kleidung und diese verschiedenen Gegenstände sind mit erstaunlicher Sorgfalt und Delikatesse ausgeführt. Die Männer tragen eng anliegende *Kaftane* mit einem breiten Aufschlag auf der rechten Brustseite, die Frauen ärmellose, locker über die Schulter geworfene Mäntel. Diese Kleider sind aus hellgemusterten Geweben hergestellt, die eine große Vielfalt im Dessin aufweisen und einen klaren Eindruck von den herrlichen Mustern vermitteln, in denen die reichen Textilien der Zeit gewebt waren.

Die Bedeutung dieser Szene ist verschieden interpretiert worden. Einige sehen sie als religiösen Ritus an, andere glauben, sie stelle eine romantische Episode aus dem bekannten Bericht in Firdausis Šāh-nāmä dar: wie die Söhne des mythischen Königs Feridun um die Töchter des Königs Sarw von Jemen werben. Keine der beiden Theorien läßt sich jedoch schlüssig beweisen. Wie die Gemälde von Pendžikent beweisen, waren Bankett- und Schlachtszenen sehr beliebte Themen in der Kunst der aristokratischen Schichten dieser Periode, da sie den Geschmack der »ritterlichen« Feudalgesellschaft besonders ansprachen.

Ak-Bešim. Eines der Hauptereignisse in der zentralasiatischen Archäologie der letzten Jahre war die Entdeckung buddhistischer und christlicher Gotteshäuser in einigen Randgebieten, alle aus dem 7. oder 8. Jahrhundert n. Chr. stammend. Zu den wichtigsten

102 *Schmuckfries, verkohltes Holz. Pendžikent, Ende 7. bis Beginn 8. Jahrhundert n. Chr.*

103 *Wie 102*

101 *Vorhergehende Seiten:*
Fragment eines Schmuckfrieses, verkohltes Holz. Pendžikent, Ende 7. bis Beginn 8. Jahrhundert n. Chr.

unter ihnen gehört die Gruppe von Heiligtümern, die in der Station Ak-Bešim im Siebenstromland (18 km westlich von Frunze, der Hauptstadt der Kirgisischen Republik) entdeckt wurde. Es handelt sich um zwei buddhistische Tempel und eine christliche Kirche.

Von besonderem Interesse ist der 1953–54 von L. P. Kyzlasov ausgegrabene buddhistische Tempel. Dies war ein Bauwerk außerhalb der Stadtmauern (100 m von der Zitadelle), das eine Fläche von 76 × 22 m einnahm. Der hervorragende Erhaltungszustand der Mauern, die 3 m hoch aufragen, ermöglichte es, die Anlage des Gebäudes in fast allen Einzelheiten zu ermitteln. Ein beträchtlicher Teil der Fläche wird von einem weiten Hof (32 × 18 m), der von massiven Mauern umgeben ist, eingenommen. An den Längsseiten des Hofes befand sich eine fortlaufende Reihe von Überdachungen in Iwan-Form, augenscheinlich auf Holzpfeiler gestützt. Das ganze Bauwerk war exakt in Ostwestrichtung orientiert. Der Haupteingang war auf der Ostseite der Umgebungsmauer, in Form eines tiefen Portals mit einem von massiven Pfeilern getragenen Dach. Hier gab es sechs Zimmer, die als Wohn- und Wirtschaftsräume dienten.

Der eigentliche Tempel lag auf der Westseite des Hofes. Er stand auf einem Stylobat und bestand aus einer rechteckigen achtsäuligen Halle (18 × 10 m), deren Hauptachse in Nordsüdrichtung verlief. In der Ostwand befand sich ein breiter Eingang, und es gab drei weitere Zugänge in der Westwand, einen in der Mitte und einen an jedem Ende, die zum Allerheiligsten (6,33 × 3,43 m) und zum darum verlaufenden Umgang führten. Alle Tempelgebäude waren mit Malereien verziert und reich mit Statuen auf Postamenten und mit Stuckreliefs an den Wänden geschmückt. Auch Statuen aus vergoldeter Bronze gab es. Leider fand sich all dies in zertrümmerten Fragmenten; es war jedoch genug geblieben, um zu zeigen, daß es sich um verschiedene Gestalten aus dem buddhistischen Pantheon, einschließlich Buddhas selbst, handelte.

Ein Fund von einzigartiger Bedeutung war eine ganze Reihe von durchbrochenen Platten aus vergoldeter Bronze, die verschiedene von üppigen Mustern aus vegetabilischen Ornamenten umrahmte buddhistische Figuren darstellten *(Abb. 70, 71)*.

Der zweite buddhistische Tempel bei Ak-Bešim wurde von L. P.

104 *Fragment eines Schmuckfrieses: Familienszene, verkohltes Holz. Pendži-kent, Ende 7. bis Beginn 8. Jahrhundert n. Chr.*

Zjablin ausgegraben. Dieser war kleiner und quadratisch (38 × 38 m). Eigenartig an seiner Anlage ist der kreuzförmige Grundriß des Heiligtums und die Existenz zweier umlaufender Korridore. Hier fand man Bruchstücke von Tonskulpturen in einem erheblich besseren Erhaltungszustand als im ersten Tempel, einschließlich eines sehr großen Buddhahaupts, sowie Spuren von Wandmalereien.

Innerhalb der Stadt Ak-Bešim wurde die Kirche einer nestorianischen Gemeinde entdeckt. Es war dies ein kleines Gebäude, 5,3 × 4,8 m, in Übereinstimmung mit dem frühsyrischen architektonischen Kanon kreuzförmig angelegt. An den Wänden waren (leider nur) Spuren von polychromen Fresken erhalten, deren Thema sich nicht mehr bestimmen läßt. Christliche Gräber fanden sich im Hof und unter dem Boden der Kirche selbst.

Der buddhistische Tempel von Kuva. Seit den fünfziger Jahren fanden ständige Grabungen in einer weitausgedehnten mittelalterlichen Stadtstation bei dem Dorfe Kuva in Ostferghana statt. Ein buddhistischer Tempel, gleichfalls außerhalb der Stadtmauern gelegen, wurde hier 1957–58 von V. A. Levina-Bulatova ausgegraben. Die Tempelmauern, die durch Feuer zerstört worden waren, waren viel schlechter erhalten als die der Tempel bei Ak-Bešim. Andererseits waren dank dem Feuer die zahlreichen hier gefundenen Tonskulpturfragmente in erheblich besserem Erhaltungszustand als bei Ak-Bešim. Die interessantesten Stücke waren eine große Buddha- (oder Bodhisatva-)Figur und eine große Zahl von Häuptern bzw. Torsofragmenten von Göttern und Göttinnen, Dämonen und anderen für die Kunst des Mahāyāna-Buddhismus typischen Gestalten. Einige dieser Figuren bewahrten noch Spuren einer ursprünglichen Bemalung.

Der Tempel war mit Wandmalereien geschmückt, von denen nur einige kleine Fragmente auf uns gekommen sind. Leider ist erst ein vorläufiger Bericht über diese interessante Station publiziert worden.

Das buddhistische Kloster von Adžina-Tepe.[20] Dieses Bauwerk, das wichtigste bisher entdeckte Denkmal des Buddhismus in Zentralasien, liegt im Vachš-Tal, 17 km östlich der Stadt Kurgan-Tjube in der Tadschikischen Republik. Die Ausgrabungen dauern

105 *Wie 104, Detail*

seit 1960 an. In sechsjähriger Arbeit sind ungefähr zwei Drittel des Gesamtareals (100 × 50 m) dieses alten Erdhügels freigelegt worden, so daß man mit ziemlicher Zuverlässigkeit über die Anlage des Klosters als Ganzes sprechen kann.

Das Kloster bestand aus zwei gleichen Hälften, jede etwa 50 m im Quadrat, aneinanderstoßend und mit einem Durchgang verbunden. Jede Hälfte ist nach einem Vier-Iwan-Plan angelegt. Innerhalb der südöstlichen Hälfte liegt ein Hof; in der nordwestlichen steht ein Stupa. Das eigentliche Kloster lag im südöstlichen Teil. Hierin befinden sich die Tempelgebäude, Zellen für die Mönche, eine große Halle oder ein Auditorium mit einer Fläche von mehr als 100 m² und mehrere Wirtschaftsgebäude. Die verschiedenen Teile der Anlage sind durch Korridore verbunden, die an der Innenseite des Umkreises verlaufen.

Die Mitte des nordwestlichen Teils wird von einem terrassenförmigen Stupa mit einer zur Plinthe führenden Rampe eingenommen. Der Stupa ist von einer Außenkonstruktion umgeben, die aus (etwa 16 m) langen Korridoren, die im Winkel aufeinander zulaufen, aus kleinen Heiligtümern und einer Reihe kleiner Kapellen, jede mit einem sich zum Stupa öffnenden Iwan, besteht. Aus den Korridoren auf der Nordwestfront führen Durchgänge zu sechs kleinen Heiligtümern. Der Eingang zu dieser Hälfte des Komplexes (welcher der Haupteingang zum Kloster gewesen sein mag) befand sich in der Mitte der Südostfront; er bestand aus einem in entgegengesetzte Richtungen gewandten Doppel-Iwan, der durch eine gewölbte Öffnung verbunden war.

Die gesamte Anlage ist aus großen *Pachsa*-Blöcken und Ziegeln (52 × 26 × 10–12 cm) erbaut. Die länglichen Gebäude und die Korridore hatten gewölbte Dächer, die quadratischen Bauten (Zellen und kleine Heiligtümer) kuppelförmige, Auditorium und Tempel augenscheinlich flache Holzdächer. Die Anlage war unzweifelhaft als ein Ganzes geplant, die Grundrisse der zwei Hälften unterscheiden sich nur im Detail.

Als er noch benutzt wurde, erfuhr der Bau (besonders im Klosterteil) einige Wiederaufbau- und Wiederherstellungsarbeiten, die jedoch nicht zu größeren Veränderungen in seinem ursprünglichen Plan führten. Ein Wiederaufbau war gewöhnlich wegen des

106 *Deckel eines Brotkorbs, Weide. Berg Mug, 7. bis Beginn 8. Jahrhundert n. Chr.*
107 *Stiefel, Rindsleder. Berg Mug, 7. Jahrhundert n. Chr.*

Einsturzes des Daches erforderlich und wurde sehr nachlässig ausgeführt, in der Regel wurden die zerstörten Teile, teilweise oder ganz, mit Ziegeln ausgebessert. Man hat keine Spuren von vorsätzlicher Zerstörung gefunden.

Während der Ausgrabung wurden beachtliche Mengen von Münzen (insgesamt etwa 300) gefunden. Die meisten davon gehörten zum sogenannten »tocharischen« Typ mit einem Loch in der Mitte. Auch einige arabische Münzen fand man, die spätesten stammten aus dem Jahre 769.

Die interessantesten Funde bei Adžina-Tepe waren die Überreste von Malereien und Skulpturen. Ursprünglich scheint es Malereien an den Wänden und Decken der Gebäude um den Stupa und vieler Gebäude in der Klosterhälfte des Komplexes gegeben zu haben. Nur unbedeutende Fragmente erhielten sich *in situ* an den Wänden, die meisten Bruchstücke aus bemalter Stuckarbeit fand man in den Schutthaufen auf dem Boden der verschiedenen Gebäude.

Die Tonskulpturen von Adžina-Tepe waren besser erhalten *(Abb. 89–91)*. Sie wurden im Klostertempel und in den kleinen

143

Heiligtümern um den Stupa, ferner in den Nischen der Korridore gefunden.

Alle Gemälde und Skulpturen behandelten religiöse Themen. Ihr Hauptgegenstand ist die Nachbildung des Gautama Buddha *(Abb. 89)*, es gibt aber auch Darstellungen von Bodhisattvas, Mönchen, dämonischen Wesen und Devas. Die Figuren sind von wechselnder Größe, von 25–30 cm bis zu 12 m. Das größte Stück, 12 m lang, stellt den im Nirvana liegenden Buddha dar. Die Skulpturen sind fast vollplastisch, jedoch mit der Absicht hergestellt, eng mit der Wand verbunden zu sein. Die Figuren befinden sich in einem Ornamentrahmen, und die Gestalt des Buddha ist stets von einem in Relief ausgeführten Nimbus und einer Mandorla umgeben.

Alle Skulpturen sind ohne irgendwelche Verstärkung aus Ton geformt. Man kann noch Reste der ursprünglichen Bemalung erkennen. Hauptmerkmal der Kunst von Adžina-Tepe ist die Verbindung von Zügen einheimischen (zentralasiatischen) Ursprungs mit Traditionen, Themen und Techniken aus anderen Ländern, in denen sich der Buddhismus ausgebreitet hatte.

Reste eines buddhistischen Tempels entdeckte man auch in der Station Krasnaja Rečka bei der Stadt Frunze in der Kirgisischen Republik, wo man eine große Tonskulptur des Buddha im Nirvana fand. Eine Reihe buddhistischer Arbeiten entdeckte man auch in einem buddhistischen Heiligtum im Gebiet von Merv.

Schließlich müssen wir zwei Stationen betrachten, welche die Bedingungen des städtischen Lebens und der Kultur in der vorarabischen Zeit illustrieren. Das sind Varachša und Alt-Pendžikent.

Varachša. Die Entdeckung dieser Station im Jahre 1937 erregte beträchtliches Aufsehen in der gelehrten Welt. Das Verdienst ihrer Auffindung gebührt V. A. Šiškin.

Die Station liegt 30 km nordwestlich von Buchara im westlichen Karakum, der jetzt eine Treibsandwüste ist. Die archäologische Forschung hat gezeigt, daß in alten Zeiten das gesamte Gebiet von etwa 500 km² dicht besiedelt war und daß es im Mittelalter (11.–12. Jahrhundert) in seinen heutigen Zustand der Verwüstung fiel. Die Oberfläche der Wüste ist von zahlreichen *Tepes* übersät, welche die Überreste von Städten und Dörfern oder großen einzel-

108 *Teller, vergoldetes Silber. Malaja Anikova (Perm'), 8.–9. Jahrhundert n. Chr.*

stehenden Bauwerken: Festungen oder Burgen bedecken. Spuren eines wohlausgearbeiteten Bewässerungssystems lassen sich noch entdecken.

Varachša, die größte Einzelstation in diesem Gebiet, erhebt sich an einigen Stellen, z. B. bei der Zitadelle, zu einer Höhe von 19 m über die umgebende Ebene. Die Station bedeckt eine Fläche von etwa 9 ha.

146

109 *Basrelief, Triton und Makara (Wasserungeheuer). Pendžikent, 7.–8. Jahrhundert n. Chr.*

Varachšas Existenz als Stadt kann man ungefähr zwischen dem 5. und 10. Jahrhundert datieren, Einzelfunde (z. B. von Münzen) weisen jedoch auf eine Besiedlung in früherer wie auch späterer Zeit. Die Ausgrabungen förderten die Überreste von hauptsäch-

112

113

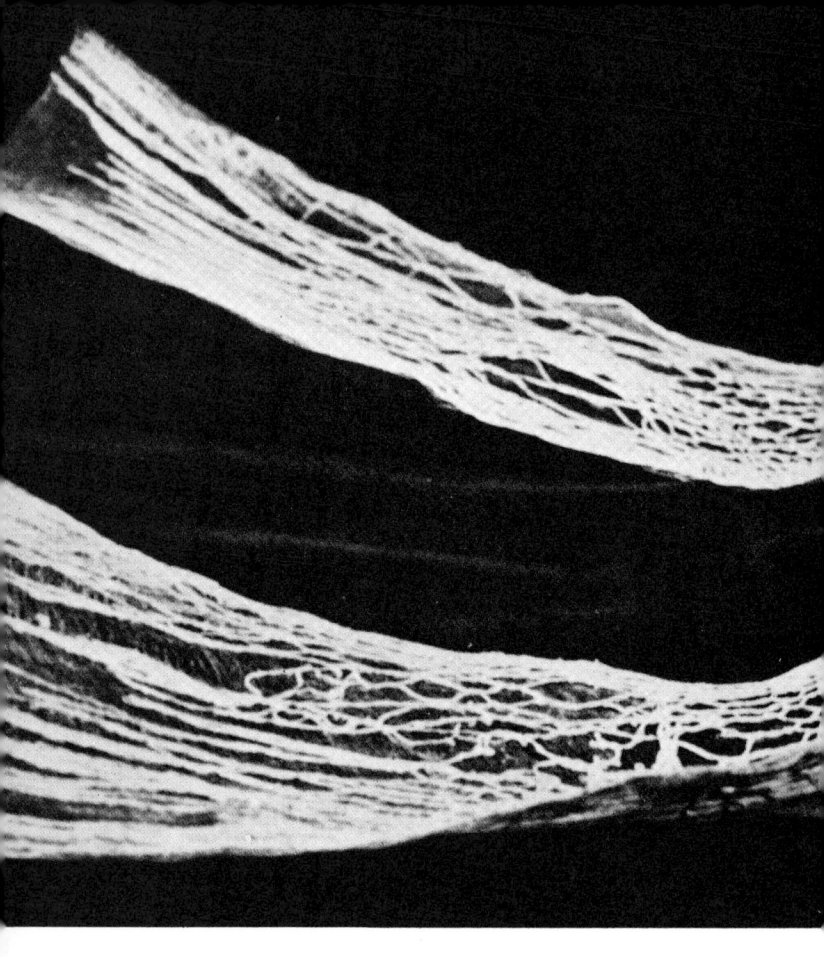

lich aus der Zeit vor der arabischen Eroberung (7. und 8. Jahrhundert) stammenden Bauten zutage. Die wichtigsten Ergebnisse erzielte man durch die Ausgrabung des Palastes der *Buḫār-Ḫudāt* (Herrscher von Buchara), eines ausgedehnten Gebäudekomplexes, der viele einer Fülle von Zwecken dienenden Räumlichkeiten umfaßte. Die Erforschung des Palastkomplexes gab uns beachtliche Aufschlüsse über seine architektonischen Eigenheiten. Vor al-

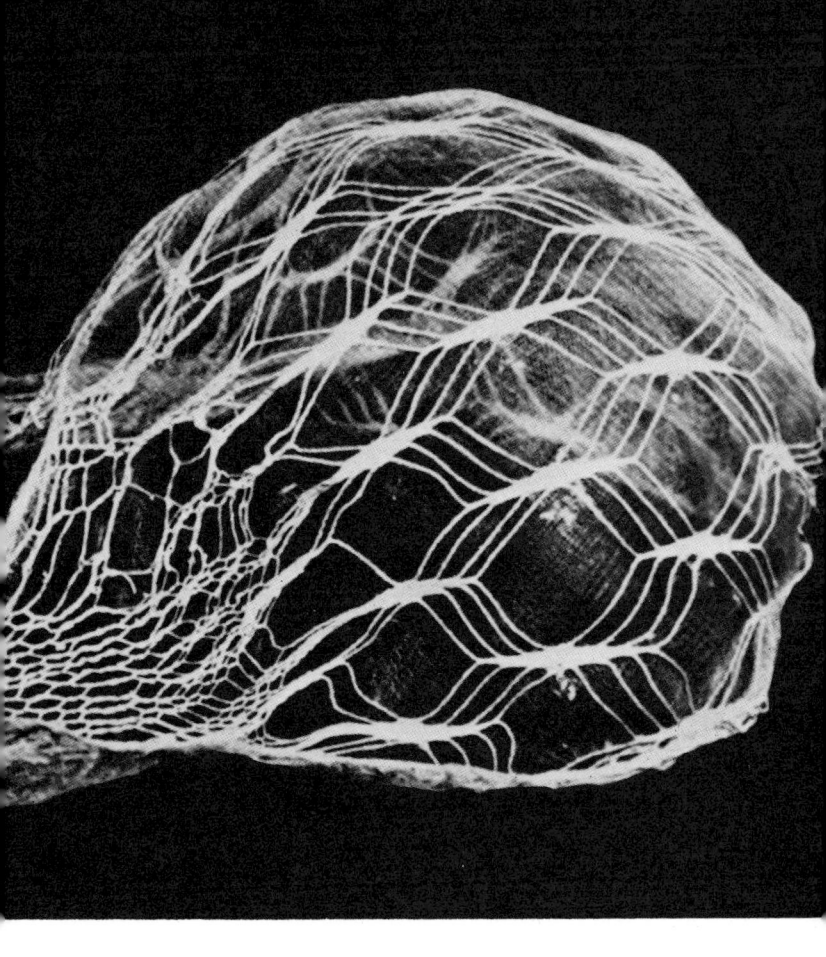

114 *Haarnetz. Berg Mug, Beginn 8. Jahrhundert n. Chr.*

lem ermöglichte sie V. A. Nil'sen, einem Architekten, der an den Ausgrabungen teilnahm, eine eindrucksvolle Rekonstruktion eines seiner Hauptbauelemente, des dreijochigen viersäuligen Portiko-Iwans.

151

115 *Krüge und Henkelschale, Terrakotta, inkrustiert mit Glimmer als Silber-imitation. Kafir-Kala, 7. Jahrhundert n. Chr.*

Auch die Ausgrabung der Hauptempfangshallen lieferte Ent-deckungen von besonderer Bedeutsamkeit, einschließlich Wand-malereien *(Abb. 141–143),* die bei den Gelehrten viel Aufsehen erregt haben. Man fand sie in drei Hallen, in der »Roten Halle«,

116 *Henkelvase, Terrakotta. Pendžikent, 8. Jahrhundert n. Chr.*

der »Osthalle« und der »Westhalle«. (Letztere ist jedoch noch nicht ausgegraben.) Die Rote Halle ist ein großer Raum (12 × 7,85 m), mit Pisé-Bänken, die an den Wänden entlanglaufen. Die Malereien beginnen unmittelbar über den Bänken und reichten ursprünglich bis zum Dach hinauf, allerdings sind sie nur bis zu einer Höhe von etwa 2 m erhalten. Die Figuren sind auf einen roten Untergrund gemalt. In den erhaltenen Teilen verlaufen die Malereien in zwei Bildstreifen. Die gesamte Länge des unteren Streifens wird von einer Reihe von Jagdszenen eingenommen, die in annähernd gleichen Abständen voneinander angeordnet sind. Die Jäger reiten auf verschiedenfarbigen Elefanten, je zwei Männer auf einem, der Treiber und der Held. Diese zwei Personen scheinen bei allen Szenen die gleichen zu sein, in einigen Fällen jedoch kann man dies wegen des beschädigten Zustandes der Malerei nicht mit Sicherheit feststellen.

Die Kleidung des Helden scheint gänzlich ungeeignet für die Jagd: er trägt einen lose über die Schultern geworfenen im Winde flatternden Mantel, und auf seinem Haupt sitzt ein reich verzierter Kopfschmuck oder eine Krone. Die Elefanten werden auf beiden Seiten von Großkatzen *(Abb. 141, 143)* und Phantasietieren (geflügelten Greifen) *(Abb. 142)* angegriffen; sowohl der Held als auch der Treiber sind eifrig damit beschäftigt, sie zu verjagen. Wie V. A. Šiškin beobachtet hat, hatten die Künstler keine rechte Ahnung, wie Elefanten aussehen und brachten nur äußerst ungenaue Darstellungen der ihnen unbekannten Tiere zustande.

Gegen Šiškins Ansicht, daß diese Szenen der Mythologie entnommen sind und des Helden Kampf gegen die Mächte des Bösen darstellen, scheint mir, daß die Künstler von Varachša vor allem darauf bedacht waren, dekorative Effekte zu erzielen. Diese Bilder machen mit ihrer warmen Farbgebung und ihrer Wiederholung derselben Szene in einer sorgfältig geplanten Anordnung den Eindruck einer rein dekorativen Kunst, der es mehr auf Ausschmükkung und Farbe als auf den Inhalt ankommt.

Über dem unteren Streifen befindet sich ein zweiter, von dem nur der untere Teil erhalten ist. Hier kann man die Beine von Tieren und Vögeln erkennen; offenbar stellte die Szene eine Prozession von Tieren dar.

Nach ihren Ausmaßen (17 × 11,5 m) und den Resten von Wandmalereien zu urteilen, diente die zweite, die Osthalle, als Thronhalle: ein bei feierlichen Empfängen benutzter Raum. Alle ihre Wände waren mit Malereien geschmückt, jedoch wurden diese

117 *Deckel eines Ossuariums, Terrakotta. Afrāsiyāb, 7.–8. Jahrhundert n. Chr.*

bei den verschiedenen Umbauten des Raumes schwer beschädigt. Nur einige Fragmente an der Süd- und Westwand haben sich in gutem Zustand erhalten. An der Westwand befindet sich eine Szene, die eine Gruppe berittener Krieger darstellt, welche von links nach rechts reiten und mit Plattenpanzern und spitzen Helmen angetan

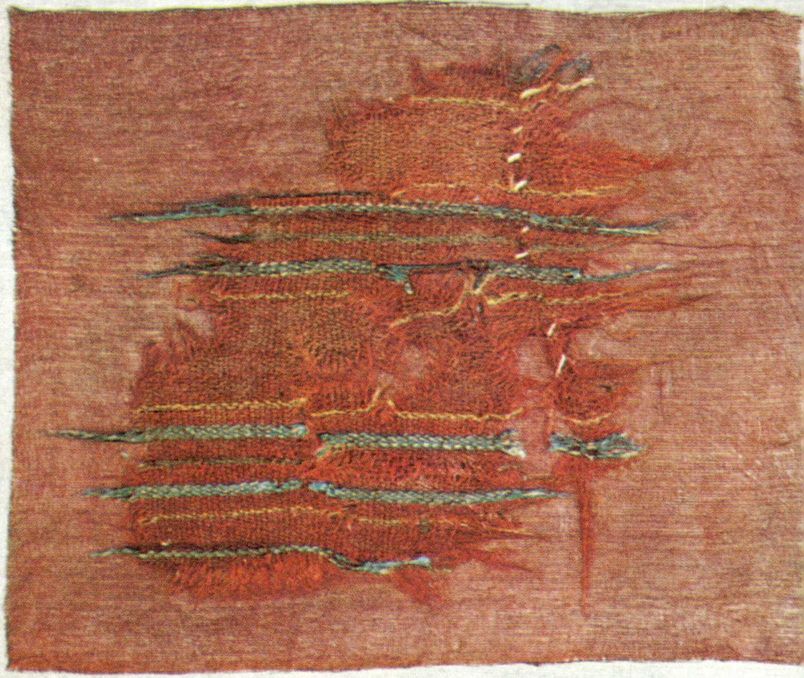

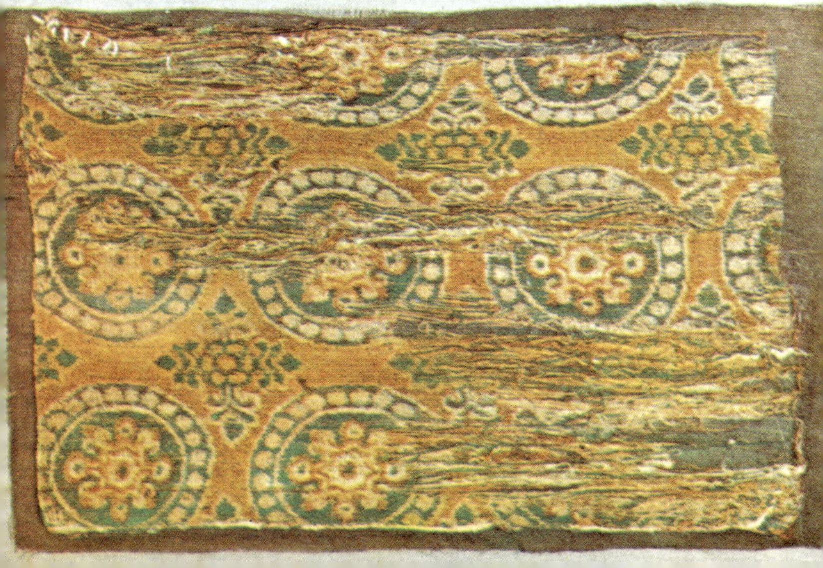

118 *Stoffüberreste,
oben Wolle,
unten Seide.
Berg Mug,
Beginn 8. Jahr-
hundert n. Chr.*

119 *Fragment eines
Wandgemäldes:
Harfnerin.
Pendžikent,
7.–8. Jahr-
hundert n. Chr.*

sind. Zweifellos war diese Wand ursprünglich mit einer großen Schlachtszene bedeckt, die eine Fülle von Figuren enthielt. Die Südwand dieses Raumes, die Hauptwand, wurde von einer großen figurenreichen, einen feierlichen Staatsempfang darstellenden Szene eingenommen. Leider ist das Gemälde arg beschädigt, die wenigen erhaltenen Fragmente sind jedoch außergewöhnlich interessant. In der Mitte des Bildes stand ein hoher Thron, von den kauernden Figuren großer geflügelter Kamele getragen. Vom Throne hing ein gemustertes Gewebe herab, ohne Zweifel ein Teppich. Von der auf dem Herrscherthron sitzenden Gestalt sind nur die Beine (in weiten Hosen) und ein Teil der reich mit Perlen und Goldplättchen verzierten Oberkleidung erhalten. Dem Thron gegenüber, etwas zur Linken, lassen sich fünf kniende Gestalten von Männern und Frauen erkennen. Zwei von ihnen (ein Mann und eine Frau) tragen Gewänder aus hell gemustertem Tuch. Der Mann trägt ein Schwert und einen Dolch in kostbaren Scheiden, das Haupt beider Gestalten ist von einem Nimbus umgeben. Ihnen gegenüber steht ein hoher bronzener Opferaltar (oder eine Weihrauchpfanne) von komplizierter Konstruktion, aus deren Schale Flammenzungen herausschlagen. Der Mann scheint aus einem Löffel duftendes Öl in die Schale zu gießen, und die Frau hält einen verzierten Becher in den Händen.

Das Ornament auf der Außenseite des Opferaltars ist von bemerkenswerter Qualität. In der Mitte, unter einem Bogen, sitzt eine Frau auf einem Thron, der in Form eines kauernden Kamels gestaltet ist. Der Rest der Wandfläche ist mit verschiedenen vegetabilischen und geometrischen Ornamenten geschmückt. Auf der anderen Seite des Altars befindet sich die kniende Gestalt eines Mannes, reich gekleidet und mit einem Dolch am Gürtel.

Die Ausgrabung des Palastes bei Varachša erbrachte auch eindrucksvolle Proben eines anderen Gebietes der bildenden Kunst: der Stuckdekoration. Ungleich den Wandmalereien fand sich der Stuck nicht *in situ*, sondern in Form einer großen Zahl von Fragmenten, oft von geringer Größe. Ursprünglich hatten die Stuckpaneele die oberen Teile der Wände bedeckt; über die Gesamtkomposition können wir jedoch nur Vermutungen anstellen, aus dem vorliegenden Material heraus lassen sich nur einige besondere

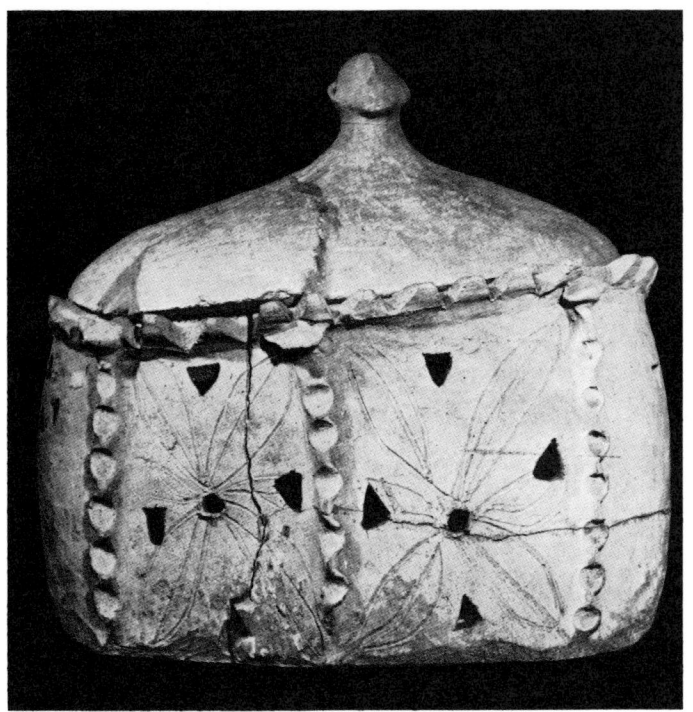

120 *Ossuarium, Terrakotta. Sogdien, 7.–8. Jahrhundert n. Chr.*

Themen identifizieren. Was sofort auffällt, ist die Fülle geometrischer und pflanzlicher Ornamentik; jedoch fanden sich auch eine
beachtliche Reihe anderer Sujets, einschließlich Tier- und Vogel-
prozessionen sowie Jagdszenen.

Die Besonderheiten der Stukkatur von Varachša sind von V. A.
Šiškin schön herausgearbeitet worden; ich zitiere: »Das besondere
Charakteristikum der Alabasterdekorationen von Varachša ist das
Fehlen einer ins Detail gehenden Ausführung, die eher skizzen-
hafte Art, die es in eine ganz andere Kategorie als die späteren Beispiele dieser Art von Architekturdekoration einreiht, bei welchen
die peinlich genaue Ausführung eines jeden noch so unbedeuten-

121 *Fragment eines Wandgemäldes: Profile eines Mannes und einer Frau. Pend-žikent, 7.–8. Jahrhundert n. Chr.*

den Details zu einer Stufe höchster Virtuosität geführt ist. Das gilt sogar für so wesentliche Bestandteile der Dekoration wie menschliche Gesichter. Der Mund wird mit ein paar Messerritzen skizziert. Die Augen werden oft nur durch mandelförmige Wölbungen ohne weitere Detailausführung angedeutet. Haar, Bart, Kleidung und Schmuck werden auf dieselbe sparsame Weise dargestellt, mit ein paar kühnen Strichen. Und dennoch sind wir immer wieder überrascht über die Meisterschaft und Erfindungsgabe der Künstler in der Materialbehandlung und über die außergewöhnliche Ausdruckskraft der Modellierung.«[21] *(Abb. 88)*

Die Entdeckung dieser Werke monumentaler Kunst in den Palästen der *Buḫār-Ḥudāt* war das wichtigste Ergebnis der Ausgrabung des vorarabischen Varachša; aber anderswo auf der Station durchgeführte Ausgrabungen, vor allem in der Zitadelle, die das Schicksal des Palastes geteilt hatte, erbrachten weitere Funde von hohem wissenschaftlichen Wert.

Das Äußere der Zitadelle zeigt ein interessantes architektonisches Bild. Das Bauwerk steht auf einem hohen trapezförmigen Stylobat, seine Außenwände wirken wie gekräuselt, d. h. eine Reihe von Halbsäulen ist eng aneinandergestellt, wobei jeweils ein Paar durch einen kleinen Bogen verbunden ist. Diese Technik war in einigen Teilen Zentralasiens weitverbreitet, so in Choresmien und Südtürkmenien. In späterer Zeit wurde sie bei Bauwerken aus Backziegeln verwandt. Es bestehen einige Meinungsverschiedenheiten über die funktionelle und strukturelle Bedeutung dieser Technik, eines jedoch ist gewiß: nach diesem Prinzip errichtete Gebäude boten einen beeindruckenden architektonischen Effekt und gewannen gleichzeitig Leichtigkeit ohne Verlust an Stabilität.

Alt-Pendžikent. Die alte Stadtstation Pendžikent [Pjandžikent] nimmt eine besondere Stellung in der Archäologie Zentralasiens ein. Die Siedlung wurde von ihren Bewohnern infolge der arabischen Eroberung zwischen den zwanziger und den siebziger Jahren des 8. Jahrhunderts aufgegeben. Sie hat Zeugnisse für viele Aspekte städtischen Lebens und städtischer Kultur im vorislamischen Asien erbracht; und es ist deshalb der Mühe wert, das Material von Pendžikent etwas ausführlicher zu betrachten.

Alt-Pendžikent, dessen Ruinen am Rande der heutigen Stadt gleichen Namens liegen, 60 km östlich von Samarkand, wurde den Archäologen infolge der Entdeckung der berühmten Sammlung sogdischer Archive auf dem Berge Mug bekannt. Diese Archive gehörten, wie man nach der Entzifferung einiger Dokumente feststellte, dem letzten Herrscher des kleinen Fürstentums Pendžikent, Divastič.

Eine systematische Ausgrabung der Station *(Abb. 124–130, 132)* wurde nach dem Kriege (1946) durch eine Expedition unternommen, die gemeinsam vom Institut für Archäologie der Sowjetischen Akademie der Wissenschaften, dem Institut für Geschichte der Tadschikischen Akademie der Wissenschaften und dem Eremitage-Museum unter der Leitung von Professor A. J. Jakubovskij organisiert wurde.

Die Ruinen von Alt-Pendžikent bilden eine komplexe archäologische Station, die aus vier klar abgegrenzten Bezirken besteht: der Zitadelle des Herrschers, der eigentlichen Stadt (dem *šahristān),* einer Vorortssiedlung und der Nekropole.

Wie die Ausgrabungen beweisen, entstand Pendžikent als städtische, von einem Schutzwall umgebene Siedlung im 5. oder 6. Jahrhundert und wurde (wie schon bemerkt) zur Zeit der arabischen Eroberung Zentralasiens verlassen. Danach wurde kein Versuch zur Neugründung der Stadt unternommen, infolgedessen blieb die oberste Bauschicht intakt. Dieser Umstand bestimmte die auf der Station angewandte Ausgrabungstechnik.

Hauptziel der Ausgrabungen war eine möglichst vollständige Untersuchung der Station auf der letzten Bauschicht. Zum ersten Mal in der Geschichte der zentralasiatischen Archäologie standen Ausgräber einer derartigen Situation gegenüber, und der erfolgreiche Abschluß der Arbeiten ist unzweifelhaft von höchster Bedeutung für die Lösung eines ganzen Bündels von Problemen, die mit der Geschichte des städtischen Lebens und der städtischen Kultur im Zentralasien der vorislamischen Zeit verknüpft sind.

Nach vielen Jahren der Ausgrabung bei Pendžikent haben die Archäologen eine Fülle von Material aller Art zusammengebracht, das nicht nur ein Licht auf die materielle Kultur der Stadt wirft, sondern auch auf manche bedeutsame Züge ihrer Gesellschafts- und Wirtschaftsstruktur. Der besondere Wert dieses Materials liegt darin, daß es äußerst komplex ist.

Die außergewöhnlichen von Pendžikent als archäologische Station gebotenen Bedingungen haben besonders die Untersuchung

122 *Fläschchen. Pendžikent,
7.–8. Jahrhundert n. Chr.*

123 *Suppenlöffel, Holz. Berg Mug,
7. bis Beginn 8. Jahrhundert
n. Chr.*

der Architektur der Stadt bis zu einem sonst kaum erreichbaren Grade von Vollständigkeit ermöglicht. Diese Untersuchung ist von V. L. Voronina durchgeführt worden, einer der Expedition beigeordneten Architektin, die eine Reihe von Spezialuntersuchungen über diesen Gegenstand veröffentlicht hat.

Die bei Pendžikent verwandten Hauptbaumaterialien waren rechteckige Luftziegel von regelmäßiger, aber nicht streng einheitlicher Form (durchschnittlich 50 × 25 × 12 cm) und Blöcke aus Stampflehm *(pachsa)* von etwa 1 m im Quadrat. Die Mauern der Gebäude waren aus Lehmblöcken, die gewölbten Dächer aus Ziegeln erbaut. Gelegentlich finden sich Kuppeldächer, gleichfalls aus Ziegeln. Die Erbauer von Pendžikent entwickelten auch eine Art von gewöhnlich auf Holzsäulen getragenem Sparrendach, das nach Voroninas Rekonstruktion von der als »Laternendach« bekannten Gestalt ist. Stein wurde beim Bau praktisch nicht verwandt; gelegentlich aber selten finden sich Steinsäulen. Gebrannte Flachziegel wurden zur Verkleidung von Wänden und Auslegung von Fußböden verwandt. (In einigen Fällen finden sich gebrannte Flachziegel im Dachwerk, aber auch dies ist selten.)

Die Wohnhäuser hatten zwei Geschosse. Die verschiedenen sozialen Klassen gehörenden Häuser unterscheiden sich sowohl durch Dimensionen und Anlage der Räume als auch durch die Art der Innenausstattung sehr klar voneinander. Ein Charakteristikum der Häuser der wohlhabenden Klassen ist der viersäulige Empfangsraum, gewöhnlich von beachtlicher Größe (bis zu 80 m²), mit an den Wänden entlang laufenden Bänken aus Stampflehm (Pisé-Bänken). In diesen Zimmern waren die Wände gewöhnlich von oben bis unten mit Malereien bedeckt, und die Säulen, Dachfirste und -balken, Türrahmen und Türen waren reich mit prächtigem Schnitzwerk geschmückt.

An diese Zimmer stießen gewölbte Vorräume oder Gänge an, deren Wände zuweilen gleichfalls mit Malereien bedeckt waren; diese Gänge standen ihrerseits mit verschiedenen, gewöhnlich gleichfalls gewölbten Neben- oder Wirtschaftsräumen in Verbindung. Ein Charakteristikum der Architektur von Pendžikent ist eine besondere Art Treppenhaus mit gewundener Rampe, die von Schrägbogen getragen ist und zu den Räumen des Obergeschosses

124 *Ausgrabung von Pendžikent: Straße zwischen Sektor III (zur Linken) und*
XIII (rechts). 7. bis Beginn 8. Jahrhundert n. Chr. (Aufnahme: Institut für
Archäologie, Leningrad)

führt. Die Zimmer im Obergeschoß sind natürlich viel schlechter erhalten als die im Erdgeschoß. Aus den in allen ausgegrabenen Bezirken gefundenen Überresten jedoch läßt sich erkennen, daß diese oberen Zimmer vor allem Wohnräume waren, zweckmäßig für den täglichen Haushalt eingerichtet. Oft enthalten die Häuser besondere Räume, entweder im Erd- oder Obergeschoß, die augenscheinlich als Hauskapellen dienten und eine eigens in eine Wand eingebaute Altarnische mit Platz für eine Feuerstelle hatten.

Die Ausgräber fanden in zwei Fällen Räume mit einer großen Plattform oder Estrade, die nach Meinung der Verfasserin für Theateraufführungen oder Tanzdarbietungen bestimmt waren. Die am feinsten ausgeführten Wohnhäuser hatten Fassaden in Form von Iwanen auf Säulen oder von Loggien, mit Halbkugeln überdacht.

Neben Häusern dieses Typs, die offenbar den wohlhabenden Bürgern gehörten, enthalten die Bezirke im Ostteil des *šahristān* oder in noch weiterem Ausmaß jene im Südteil der Stadt Häuser von bescheidenerem Charakter, sowohl in der Anlage als auch in Zahl und Größe der Zimmer und der Innendekoration. Diese Häuser haben keine vornehmen Empfangsräume mit ihrer reichen Ausschmückung und keine Iwane, auch sie hatten jedoch zwei Geschosse.

Ein kennzeichnender Zug der Vorortsiedlung ist, daß jedes Haus für sich allein steht, so daß ein jedes nach individuellem Plan erbaut werden konnte, um den besonderen Bedürfnissen des Besitzers entgegenzukommen. Alle bisher ausgegrabenen Häuser unterscheiden sich voneinander in der Anlage, obwohl sie in Stil und Technik der Konstruktion dem allgemeinen Typ der Häuser in der Stadt ähneln. Auch diese Häuser haben zwei Geschosse.

Die Ausgrabungen von Pendžikent enthüllten zum ersten Mal den lokalen Typ der Tempelarchitektur, die sich grundlegend von den Kultbauten der Buddhisten oder Christen wie auch von den in Iran heimischen Feuertempeln unterscheidet. Die Tempel bestanden aus einem sorgfältig durchkonstruierten Komplex verschiedener Bauten, die durch große Höfe verbunden waren; die Haupttempelgebäude waren auf Stylobaten inmitten der Höfe errichtet. Dies waren viersäulige nach Osten offene Hallen, durch einen

125 *Ausgrabung von Pendžikent: Freilegung eines Wandgemäldes in situ, eine Schlachtszene darstellend. Sektor XXI, Saal 1/2. (Aufnahme: Institut für Archäologie, Leningrad)*

Durchgang mit der Cella auf der Westseite verbunden und auf drei Seiten von offenen Galerien umgeben. An der ganzen Ostseite zog sich ein sechssäuliger Iwan entlang, der im Effekt eine Fortsetzung der Haupthalle bildete. Die Höfe waren teils durch eine Mauer, teils durch einer Vielzahl von Zwecken dienende Gebäude umschlossen.

Die Ausgrabungen gaben auch Aufschluß über die von Krämern und Handwerkern bewohnten Häuser. Im allgemeinen waren dies kleine freistehende, eingeschossige Gebäude.

Die Architektur von Pendžikent ist als Ganzes bemerkenswert durch die große Typenvielfalt der verschiedenen Zwecken dienenden Bauwerke, die fortgeschrittenen Konstruktionstechniken und den ausgesprochen städtischen Charakter. Die Bauwerke beweisen das relativ hohe Niveau des von der Bevölkerung der Stadt erreichten materiellen Wohlstands. Das geht bereits aus der großen bei den Ausgrabungen gefundenen Menge von Material hervor *(Abb. 66, 82, 100, 106, 107, 114, 116, 118, 122, 123)*.

Am häufigsten fand sich, wie auch bei anderen in Zentralasien ausgegrabenen Siedlungen, Keramik *(Abb. 66, 82, 116, 122, 123)*. Eine außergewöhnliche große Anzahl von verschiedenen Gefäßen hat man entdeckt; sie dienten einer Vielzahl von Zwecken. Es handelte sich um Küchen- und Tafelgeschirr aller Formen und Größen, große Krüge *(chum)* zur Aufbewahrung von Flüssigkeiten oder Trockensubstanzen, Wasserkrüge, Miniaturkrüge in einer Vielfalt von Formen zur Aufbewahrung von Gewürzen, Spielzeug usw. Viele dieser Gefäße, vornehmlich das Tafelgeschirr, sind bemerkenswert durch die Eleganz ihrer Form und die Mannigfaltigkeit ihres Dekors. Viele von ihnen imitieren ähnliche Gefäße in Metall. Geschirr dieser Art war von den Bürgern Pendžikents besonders gefragt.

Bei der Glasware handelte es sich in der Regel um kleine Gegenstände, vor allem Flaschen.

126 *Ausgrabung von Pendžikent: Wandgemälde, eine Göttin mit vier Armen darstellend. Zweiter Tempel (Nordhalle). Vgl. Abbildung 133. 6. oder Beginn 7. Jahrhundert n. Chr. (Aufnahme: Institut für Archäologie, Leningrad)*

Auch eiserne Gegenstände fand man in beträchtlicher Menge und in großer Mannigfaltigkeit. Es handelte sich um verschiedene Werkzeuge und Geräte, Waffen, Pferdegeschirr und eine große Zahl von Haushaltsgeräten und -utensilien.

Die Bronzegegenstände waren, abgesehen von einer Anzahl größerer Objekte (ein Leuchter, eine massive Keule), meist Toilettenartikel und Schmuck (Finger- und Ohrringe, Armbänder, eine Fülle von Anhängern, Spiegeln, Gürtelschmuck usw.). Man fand dagegen relativ wenige Gegenstände aus Edelmetallen (Schmuck wie Finger- und Ohrringe).

Es gab auch eine große Zahl von Perlen und Gemmen aus Halbedelsteinen (Karneol, Türkis, Lapislazuli, Achat, verschiedene Arten von roten Steinen), ferner viele knöcherne Gegenstände verschiedener Art.

Natürlich ist diese Aufzählung bei weitem nicht vollständig. Die Umstände, unter denen Pendžikent zugrundeging, die Kriege, verschiedenen Aufstände, Brand und Plünderung, der Abzug seiner Bewohner, führten zur Zerstörung zahlloser Mengen von Material. Außerdem gab es noch einen weiteren Faktor, der zum Verschwinden ganzer Kategorien von Gegenständen beitrug, die andernfalls auf die materielle Kultur der Stadt hätten Licht werfen können: der Lößboden von Pendžikent, in dem aus organischem Material hergestellte Gegenstände gänzlich zerstört wurden. Das gilt besonders für Gewebe sowie für Leder- und Holzartikel.

Reiche Kunde über die Kultur von Pendžikent, hauptsächlich allerdings der herrschenden Klassen, geben die in der Stadt entdeckten Kunstwerke, vornehmlich die Gemälde. Sie sind besonders wertvoll wegen ihrer Vermittlung von Kenntnissen über die Kleidung und die Stoff- und Teppichmuster, von denen man sich aus dem ausgegrabenen Material sonst kaum eine auch nur annähernde Vorstellung machen könnte. Sie tragen erheblich zu unserer Kenntnis der vom Volke von Pendžikent getragenen Schmuckgegenstände bei.

Die Malereien geben uns auch wertvollen Aufschluß über Schutz- und Trutzwaffen sowie Pferdegeschirr. Es gibt viele Darstellungen verschiedener Typen und Formen von Metallgefäßen (offenbar aus Silber und Gold), von baulichen Anlagen, verschiedenen Möbeltypen, einschließlich Königsthronen. Die Gemälde geben auch Tempelausstattungen wieder, von denen zuvor nichts bekannt war. Einige dieser Gegenstände sind von höchster künstlerischer Qualität.

Das Zeugnis der Malereien ist deshalb von besonderem Wert, weil, wie wir bei einem Vergleich der ausgegrabenen Gegenstände mit der Darstellung derselben Objekte in Gemälden ersehen können, die Künstler ihre Vorlagen mit großer Genauigkeit bis ins kleinste Detail wiedergaben. Dies ist ein für den gesamten Kunststil dieser Zeit charakteristischer Zug.

Ein besonders schönes Zeugnis für den allgemeinen vom Volke von Pendžikent erreichten Kulturstand geben uns zwei Arten von Material: literarische Dokumente und Werke der bildenden Kunst.

Die weite Verbreitung der Literatur, folglich auch der Fähigkeit der Stadtbevölkerung, in ihrer sogdischen Sprache zu lesen und zu schreiben, geht aus den Archivdokumenten aus der Festung auf dem Berge Mug und aus den weitverbreiteten Inschriften auf Tonscherben und Steinen hervor. Die Inschriften auf Ton wurden manchmal vor dem Brennen eingeritzt, meist jedoch mit schwarzer

127 *Ausgrabung von Pendžikent: Wohnstätte in Sektor XVII (Aufnahme: Institut für Archäologie, Leningrad)*

171

Farbe auf den fertiggestellten Gegenstand geschrieben; die auf Stein waren entweder eingeritzt oder gemalt. Schließlich gab es Inschriften an den Wänden von Bauwerken.

Es ist interessant, den Inhalt dieser Inschriften zu untersuchen. Gegenstand detailliertester Untersuchung sind die Dokumente vom Berge Mug gewesen. Was aus ihnen vor allem hervorgeht, ist der hohe Stand offizieller Dokumentation und Korrespondenz, einschließlich diplomatischer Noten, Berichte, juristischer Dokumente (z. B. Heirats- und Pachtverträge) sowie administrativer und finanzieller Urkunden. Es gibt auch eine Reihe sehr interessanter astronomischer und astrologischer Texte (Kalender).

Es liegt natürlich auf der Hand, daß diese erhaltenen Reste keineswegs repräsentativ sind für den Gesamtbestand an Literatur. Wir brauchen z. B. nur an die in Ostturkestan gefundenen sogdischen Texte zu denken, die ein eindrucksvolles Zeugnis einer allgemeinen sogdischen Kultur sind. Diese Texte beweisen, daß es Übersetzungen verschiedener religiöser Lehrtexte (buddhistischer, manichäischer und christlicher) ins Sogdische gab. Leider sind Texte medizinischen, mineralogischen und astronomischen Inhalts nur in Fragmenten erhalten.

Gewisse in Ostturkestan gefundene Dokumente – Bruchstücke aus der berühmten indischen Sammlung Pañcatantra und Aufzeichnungen lokaler Epen in sogdischer Sprache – sind für die Kulturhistoriker von hohem Interesse. Wir dürfen als sicher annehmen, daß diese Texte auch in Pendžikent bekannt waren, da die von den Ausgräbern entdeckten Malereien ihre Themen aus Werken dieser Art bezogen.

Pendžikent nimmt auch eine hervorragende Stellung unter jenen archäologischen Stationen Zentralasiens ein, an denen Werke der Monumentalkunst entdeckt worden sind. Die hier gefundenen Kunstwerke zerfallen in drei Kategorien: großflächige polychrome Wandmalereien, Holzschnitzerei und Tonskulptur. Der Menge nach stehen die Wandgemälde *(Abb. 115, 119, 121, 131, 133–138, 144)* an erster Stelle, sie sind in mehr als fünfzig Räumen gefunden worden. Diese Malereien wurden in breiter Farbskala verwandt, um die Wände von Tempeln wie auch Wohnhäusern zu schmükken. Sie bedeckten die gesamte Oberfläche der Wände von oben

129 *Ausgrabung von Pendžikent: Wohnstätten in Sektor III (Aufnahme: Institut für Archäologie, Leningrad)*

128 *Vorhergehende Seiten:*
Ausgrabung von Pendžikent: Gesamtansicht vom Flugzeug aus (Aufnahme: Institut für Archäologie, Leningrad)

bis unten, häufig in eine Anzahl getrennter Streifen geteilt. Viele der mit ihnen geschmückten Räume waren Empfangszimmer mit einer Wandfläche von 50 m² und mehr.

Offensichtlich stellen die erhaltenen Malereien nur einen Bruchteil des großen Vorrats an Kunstschätzen dar, der ursprünglich existiert haben muß. Viele ausgemalte Räume wurden vom Feuer zerstört, in ihnen sind die Gemälde gewöhnlich verlorengegangen. In solchen Fällen besteht das einzige Zeugnis, das wir von ihrer Existenz haben, aus kleinen Farbflecken oder den Umrissen von einigen Figuren, die man noch erkennen kann. Aber sogar in Räumen, die nicht unter Brandeinwirkung gelitten haben, sind die Malereien nur in Fragmenten verschiedener Größe und Erhaltungszustandes bewahrt geblieben. Dennoch ist die Menge an Material, das in einigermaßen gutem Zustand auf uns gekommen ist, immer noch sehr beachtlich.

Die zweite Kategorie der Monumentalkunst ist die Holzschnitzerei *(Abb. 99, 101–105, 139, 140)*. Im Gegensatz zu den Wandmalereien danken wir unsere Kenntnis über diese Werke den Bränden, welche die sie enthaltenden Gebäude zerstört haben. Viel von dem Holz in diesen Bauten, einschließlich eben geschnitzter Stücke, wurde nur verkohlt und nicht gänzlich verzehrt und dann unter einer dicken Schicht von Trümmern begraben, die zu seiner Erhaltung beitrug. In nicht vom Brand heimgesuchten Gebieten zersetzten sich hölzerne und andere organische Materialien gänzlich im Lößboden und hinterließen nur eine Staubschicht.

Reste von ziemlich schlecht erhaltenem Schnitzwerk fand man in sieben Zimmern. Wie die Wandmalereien sind sie von hoher künstlerischer Qualität und stellen eine Fülle von Sujets dar. Zwei Arten der Bearbeitung finden sich: Reliefarbeiten, in verschiedenen Stufen von Hoch- und Tiefrelief, und fast ganz vollplastische Skulpturen.

Soweit wir nach dem heute zugänglichen Material urteilen können, waren Tonskulpturen in Pendžikent *(Abb. 92–98, 109)* nicht sehr beliebt, jedenfalls hat man – außer in den Tempelbauten – keine Spuren davon gefunden. Dort jedoch scheinen sie einen Ehrenplatz eingenommen zu haben. Das geht aus der Existenz besonderer Nischen in den Haupt- wie auch Nebenräumen der Tempel hervor, die unzweifelhaft für Skulpturen bestimmt waren. Leider hat man nur in einer dieser Nischen ein kleines Bruchstück der Skulptur gefunden, die ursprünglich dort stand. Eine ungefähre Vorstellung von der Eigenart dieser Tonskulpturen läßt sich aus dem im Außen-Iwan an der Mauer des zweiten Tempels gefundenen Material gewinnen. Ein wichtiger Fund war ein Paneel in Hochrelief, 9 m lang und 1 m hoch.

Wie schon bemerkt, ist eines der Hauptcharakteristika der bei Pendžikent gefundenen Kunstwerke die außerordentliche Fülle von Sujets. Bei fast jedem dieser Werke begegnen wir einem neuen Thema oder der neuen Auffassung eines bereits bekannten Motivs. Innerhalb des Rahmens dieser Untersuchung ist es freilich nicht möglich, auch nur einen summarischen Bericht über das gesamte entdeckte Material zu geben. Wir werden jedoch versuchen, zu einer allgemeinen Klassifikation desselben zu gelangen, indem wir die charakteristischsten Themen verzeichnen (die natürlich ein bedeutsames Zeugnis für die Kultur dieser Zeit sind).

Ein häufig von Pendžikenter Künstlern verwandtes Motiv wurde den Epen entnommen. Die Epen boten ihnen eine Fülle von Material und ermöglichten es ihnen, ganze mit einem allgemeinen Thema oder einem bestimmten Helden verknüpfte Zyklen nachzubilden. Ein typisches Beispiel dafür bietet eine großangelegte Komposition, von der etwa die Hälfte bewahrt ist und die eine Reihe von Szenen zeigt, welche die Taten eines Sagenhelden und seiner Gefolgsleute darstellen *(Abb. 134, 135, 138)*. Aus der Natur der Episoden und der Darstellung der Hauptfigur geht recht klar hervor, daß der Künstler bei dieser Malerei eine Reihe von Abenteuern des Rustam, des berühmten Helden des sakischen (zentralasiatischen) Epos wiedergab, dessen Ruhm erst zwei Jahrhunderte später in Firdausis großer Dichtung, dem Šāhnāmä (Buch der Könige), gepriesen werden sollte.

Motive aus den alten Epen finden sich auch in einer Reihe von Episoden, die entweder ganze Schlachtszenen oder aber Einzelkämpfe zwischen jungen Kriegerinnen und Männern darstellen: offenbar eine Reminiszenz an die Amazonensage.

Die Malereien, Schnitzereien und Tonplastiken von Pendžikent spiegeln auch verschiedene religiöse Vorstellungen und die damit zusammenhängenden Riten wieder, mit Darstellungen verschiedener Himmelskörper (Sonne, Mond und Planeten) und der symbolischen Gestalten, in denen sie verkörpert waren. Sie enthüllen auch einige der Hauptzüge der Ideologie des Volkes von Pendžikent, ein Problem, dem bisher sehr wenig Aufmerksamkeit geschenkt worden ist.

Die Kunst von Pendžikent legt auch Zeugnis vom Eindringen fremder Kulte ab. So stellen einige Malereien Kultfiguren in einer Form dar, die auf deren hinduistischen (schiwaitischen) Ursprung deutet.

Die Künstler von Pendžikent entnahmen ihr Material auch der Folklore und den epischen Tierfabeln, die noch zu unserer Zeit in Form von Märchen fortleben, z. B. Szenen, die darstellen, wie der Held ein Mädchen aus einem Baum befreit, in den sie durch die Zaubersprüche ihrer bösen Stiefmutter gebannt worden war, oder ein Bild, das den Vogel des Glücks zeigt, der goldene Eier trägt, ein Motiv, das sich in der Folklore der ganzen Welt findet. Von besonderem Interesse ist ein kleines Bild, das einen Hasen zeigt, der durch seine Überredungskunst einen Löwen dahin gebracht hat, in einen tiefen See zu springen und der so die Tiere von seiner Tyrannei befreit hat. Diese ansprechende kleine Szene illustriert sehr genau eine Fabel aus der indischen Sammlung Pañcatantra.

Viele dieser Werke stellen auch Szenen aus dem Leben der Zeit dar: Feste *(Abb. 136, 137, 144, 145)*, Einzelkämpfe, Jagd, dem Tricktrack ähnliche Brettspiele [*nard:* eine Art Damespiel mit Würfeln], Ringkampf usf.

V Einige Probleme des Kulturellen Lebens

Jede Epoche hat ihre besonderen Probleme. In diesem Überblick ist es weder möglich noch angebracht, all die sich in der zentralasiatischen Archäologie erhebenden Fragen zu behandeln; ich möchte deshalb nur auf einige der wichtigsten zu sprechen kommen.

Akkulturation und Wirtschaftsgeschichte

Die eingehende Erforschung der neolithischen und bronzezeitlichen Stationen (also der frühen Ackerbaukulturen) hat viele Polemiken über die örtlichen Besonderheiten der Kultur dieser Perioden in ihren verschiedenen Verbreitungsgebieten, über ihre Beziehungen zu ähnlichen Kulturen außerhalb Zentralasiens und über den Entwicklungsprozeß, der zur Integration dieser Lokalkulturen führte, im Gefolge gehabt. Wie bereits bemerkt, unterscheidet man heute drei oder vier von diesen Kulturen bestimmte Hauptgebiete in Zentralasien: das Südwestgebiet (ein Teil von Südtürkmenien), das Nordgebiet (die Deltas des Amu-Darja und des Syr-Darja), das Ostgebiet (Ferghana) und das Südostgebiet (die Gebirgsgegenden von Tadschikistan).

Während die Kulturen des Südwestgebietes im Laufe ihrer Entwicklung Verbindungen mit den verwandten Kulturen des Vorderen Orients (Iran, Mesopotamien u. a.) aufweisen, sind die Kulturen des Nordgebiets genetisch eng mit den bronzezeitlichen Kulturen des großen Steppengürtels verbunden, der sich vom Südural bis zum Quellgebiet des Jenissei erstreckt, d. h. mit dem von der Andronovo-Kultur (20.–10. Jahrhundert) eingenommenen Gebiet, das von den Archäologen, die in Kasachstan und Südsibirien arbeiteten, so erfolgreich untersucht worden ist. Bei der bronzezeitlichen Kultur von Ferghana hat man Verbindungen mit den

Kulturen östlich des Ferghana-Tals festgestellt. Schließlich ist die besondere Kultur der südostlichen Gebirgsgegenden, die Hissar-Kultur, durch lokale Eigenarten gekennzeichnet, die sich aus den geographischen Bedingungen des gebirgigen Landes ergeben, in dem sie beheimatet ist.

Mittels einer Analyse des kulturellen Niveaus in den verschiedenen Gebieten vermochten die Archäologen zu beweisen, daß die Entwicklung nicht einheitlich war. Besonders die Zivilisation des Südwestgebiets weist ein beträchtlich höheres Kulturniveau auf als die übrigen Teile Zentralasiens.

Gleichzeitig gibt es ganz augenfällige Übereinstimmungen zwischen der Kultur des Südwestgebiets, auf jeden Fall während der Blütezeit der Buntkeramik, und den Kulturen der benachbarten Gebiete Nordindiens und solcher Stationen wie Nad-i Ali und Quetta in Afghanistan. Dies veranlaßte V. M. Masson, eine Völkerwanderung aus Zentralasien an die Grenzen Indiens, zusammenhängend mit einem Problem, das die Historiker lange bewegt hat: der Eroberung Indiens durch die Arier, anzunehmen. Wie jedoch Masson ganz richtig bemerkt, läßt sich diese These nicht beweisen, weil zur Archäologie Ostirans und der benachbarten Gebiete Afghanistans bisher keine Untersuchungen vorliegen; vielmehr ist dieses Gebiet, besonders was die prähistorischen Kulturen anbelangt, noch ein weißer Fleck auf der archäologischen Karte des Vorderen Orients.

Die Erforschung der Stationen, die aus dem Übergangsstadium zwischen prähistorischer und historischer Zeit sowie aus der historischen Zeit selbst stammen, hat gleichfalls eine ganze Reihe von Problemen aufgeworfen. Die Experten verwenden z. B. das archäologische Beweismaterial dazu, um den Zeitpunkt der Entstehung einer Klassengesellschaft, die Zeit, als sich die Gesellschaftsschichten nach ihrem Besitz an Privateigentum aufspalteten und als der Beginn einer staatlichen Organisation innerhalb der primitiven Stammesgemeinschaft sichtbar wurde, zu bestimmen. Ein Zeugnis für diesen Prozeß ist das Auftreten befestigter Zitadellen innerhalb der Stadtstationen, die Entdeckung von Gräbern mit reichhaltigen Beigaben, die sie von den gewöhnlichen Grabstätten unterscheiden, die große Zahl von Siegeln, die man bei den Ausgrabungen

130 *Ausgrabung von Pendžikent: Reste der Gewölbe von zwei Zimmern in Sektor III (Aufnahme: Institut für Archäologie, Leningrad)*

gefunden hat und die deutlich festzustellende Entwicklung eines Berufshandwerks.

Schwieriger stellt sich die Lösung des Problems dar, die Natur der verschiedenen Klassen mit Hilfe der archäologischen Fakten

181

zu bestimmen, die ja für die frühgeschichtlichen Perioden das einzige verfügbare Beweismaterial sind. In der sowjetischen historischen Literatur dominiert die Ansicht, daß die erste auf einer Klassenbasis organisierte Gesellschaft in Zentralasien eine sklavenhaltende Gesellschaft war. Zur Stützung dieser Auffassung läßt sich das durch die Entwicklung der Bewässerung in Zentralasien erbrachte Zeugnis anführen. Die Anlage von ausgedehnten Bewässerungssystemen, sagen die Verfechter dieser These, konnte nur mit Hilfe großer Massen von Sklaven zustandegebracht werden. Manchen Gelehrten jedoch, den Autor eingeschlossen, scheint dieses Argument nicht überzeugend, jedenfalls was Zentralasien betrifft. Die Frage ist daher noch offen.

Eines der wichtigsten Probleme der historischen Perioden ist das der Beziehungen zwischen den Nomadenstämmen und der seßhaften Bevölkerung; hierüber existiert eine ausgedehnte Literatur. Den von der Archäologie zur Lösung dieses wichtigen historischen Problems erbrachten Beitrag kann man kaum überschätzen.

Das von den Archäologen bei Ausgrabungen der Nekropolen der Nomadenstämme sowie Siedlungen der seßhaften Bevölkerung gewonnene Material führte zu einer Revision der weitverbreiteten Ansicht über die Unvermeidlichkeit von Konflikten zwischen diesen zwei verschiedenen Welten. Ihr Kontakt führte vor allem zur Seßbarmachung vieler Nomaden, was wiederum eine ethnische und kulturelle Verschmelzung beider Bevölkerungsgruppen bewirkte. Aber selbst abgesehen von diesem Prozeß war die Koexistenz der sich ergänzenden nomadischen und seßhaften Wirtschaftsformen ein fortdauernder und wertvoller Anreiz für Handel und Warentausch, ein stets wichtiger Faktor im Wirtschaftsleben des Landes. Gleichzeitig schritt die Integration der gesellschaftlichen und politischen Institutionen der seßhaften und der nomadischen Welt voran. All das führte zur Aufhebung der Gegensätze zwischen ihnen, was sich sehr klar in den kritischen Zeiten ihrer Geschichte zeigte, wenn sie gemeinsam gegen fremde Feinde stritten.

Kunstgeschichte

In diesem Abschnitt wollen wir uns mit zwei Problemen befassen, die sich aus den archäologischen Entdeckungen der letzten dreißig Jahre ergeben haben. Das erste von ihnen ist das der Entstehung der zentralasiatischen Monumentalkunst.

Bis in die dreißiger Jahre dieses Jahrhunderts hinein war die Monumentalkunst Zentralasiens praktisch unbekannt. Dies wird einleuchtend illustriert durch das bekannte Werk *A Survey of Persian Art* (1938 erschienen). In dieser Arbeit bezog sich nur eine Tafel von 257 auf die vormuslimische Kunst Zentralasiens.[22] Überdies stellte diese eine Tafel hauptsächlich Terrakotten und ein paar andere Kleinplastiken dar; und sogar diese wurden im wesentlichen als provinzieller Reflex der iranischen Kunst betrachtet.

Heutzutage, nach Entdeckung so vieler und so vielen verschiedenen Zeiten angehörender Beispiele monumentaler Skulptur und Malerei in verschiedenen Teilen Zentralasiens ist diese Ansicht nicht mehr aufrechtzuerhalten. Es ist nunmehr jedem, der an die Materie unvoreingenommen herangeht, durchaus klar, daß Zentralasien eine selbständige künstlerische Tradition hatte, mit Wur-

131 *Fragment eines Wandgemäldes. Sektor XXI, Saal 1. Pendžikent, 7.–8. Jahrhundert n. Chr.*

zeln, die in eine sehr ferne Zeit zurückreichen. Gewiß fehlen noch einige Verbindungsglieder in dieser Tradition, vor allem in den früheren Perioden. So müssen wir uns noch auf die Angaben des Chares von Mitylene, eines Zeitgenossen Alexanders des Großen, verlassen, daß die Tempel, Paläste und Privathäuser der »in Asien lebenden Barbaren« häufig Bilder mit epischen Themen enthielten. Aus dieser Feststellung hat man geschlossen, daß »in der Achämenidenzeit neben der höfischen Kunst (die völlig unter ausländischem Einfluß stand und dem einfachen Volk ganz fremd war) eine Volkskunst existierte, die in der Folge sogar dem griechischen Einfluß widerstand«.[23] Das archäologische Beweismaterial reicht noch nicht aus, um diese Behauptung endgültig als korrekt zu bestätigen; was über die Kunst der späteren Perioden bekannt ist, unterstützt nach Meinung des Autors diese Ansicht jedoch indirekt.

Wir stehen auf festerem Boden, wenn wir die Kunst der Parther- und Kuschanzeit betrachten.

Wir sind Professor Rostovtzeff[24] zu Dank dafür verpflichtet, daß er die Partherzeit als ein selbständiges Stadium in der Entwicklung der iranischen Kunst erkannt hat: er stützte sich dabei vornehmlich auf eine Analyse der Funde auf Stationen in den Westprovinzen des Partherreiches (Dura-Europos, Hatra u. a.). Die Entdeckung der Kunst von Nisa hat gezeigt, daß diese Zeit in »Ostiran« (d. h. Zentralasien) von ähnlicher Bedeutung war.

Wir dürfen heute die Kuschanzeit als eine Periode von hervorragender Bedeutung in der Kunstgeschichte betrachten. Die Schlüsselstationen dieser Zeit sind Surch-Kotal in Südbaktrien (Nordafghanistan) und, in noch höherem Grade, Chalčajan in Nordbaktrien (Südösbekistan).

Die Entdeckung der heute weltbekannten Station Surch-Kotal war das Werk des französischen Archäologen Daniel Schlumberger. Ihm verdanken wir auch eine neue Lösung des wichtigen Problems der Herkunft der Kunst von Gandhāra und der mit ihr zeitgenössischen Schulen, die in Afghanistan und Nordindien blühten. Dieses Problem hat einen direkten Bezug zur Geschichte der zentralasiatischen Kunst; denn eben in der Kunst von Gandhāra haben die Gelehrten die Wurzeln der zentralasiatischen Kunst in der Folgezeit gesehen. Wir brauchen uns nicht mit den bekannten Theo-

132 *Ausgrabung von Pendžikent: Ausgrabung einer Straße zwischen Sektor III und XIII (Aufnahme: Institut für Archäologie, Leningrad)*

rien über den Ursprung der Kunst von Gandhāra selbst und die Einschätzung ihres Ranges zu befassen; wir wollen nur anmerken, daß diese Theorien sogar auf viele von der Kunst der Gandhāra-Schule selbst gestellte Probleme keine befriedigende Antwort haben geben können. Schlumberger meint, daß während der Kuschanzeit sich in gewissen Teilen des Kuschanreiches Kunstschulen entwickelten, die sich weithin ähnelten, vor allem im Stil. Die Unterschiede, die sich gebietsweise beobachten lassen, seien auf irgendeine Lokaltradition oder ein Substrat zurückzuführen, das ein früheres Stadium der Kunstentwicklung widerspiegele. Während dies bei der indischen Schule von Mathura die Tradition der indischen Kunst sei, war das Substrat bei der Schule von Nordafghanistan nach Schlumbergers Ansicht die ihr vorausgehende von ihm gräkoiranisch genannte Kunst.

Wenn er allerdings Afghanistan (oder genauer: Baktrien) als »iranisch« bezeichnet hat, so ist damit Schlumberger einer Tradition gefolgt, von der sich die westeuropäischen Gelehrten nun einmal nicht freimachen können. Tatsächlich ist sich jedoch Schlumberger selbst ziemlich klar darüber, daß sie nicht stichhaltig ist. So merkt er an, daß sich kein Tatsachenmaterial zur Bestätigung seiner Ansicht in Iran selbst finden läßt, d. h. Zentral- und Ostiran, und empfiehlt, den an Iran grenzenden Ländern Aufmerksamkeit zu schenken. »Wir sollten«, sagte er, »die iranische Welt Südrußlands nicht gänzlich außer acht lassen und den sowjetischen Entdeckungen in Turkestan und Armenien unsere besondere Aufmerksamkeit zuwenden«.[25]

Er regt an, der Kunst dieser Schulen als Ganzes den Namen Kuschankunst zu geben. Wie er selbst unterstreicht, umfaßt diese Bezeichnung (die meiner Ansicht nach durchaus brauchbar ist) zwei verschiedene Richtungen in der bildenden Kunst der Epoche: Tempelkunst (d. h. buddhistische) und höfische oder, wie Schlumberger sie nennt, »dynastische« Kunst. Durch die Einführung des Begriffes der Kuschankunst eröffnet Schlumberger meines Erachtens große Möglichkeiten sowohl für die Untersuchung der Kunst der Kuschanzeit selbst als auch für unser Verständnis der späteren Kunstentwicklung in den Gebieten, die einen Teil des Kuschanreiches bildeten, unter Einschluß von Teilen Zentralasiens. Unter diesem Gesichtspunkt ist die Entdeckung der Station bei Chalčajan durch die sowjetische Archäologin G. A. Pugačenkova von besonderer Bedeutung; die Station stammt aus etwa derselben Zeit wie Surch-Kotal (vielleicht aus einer etwas früheren) und ist auch geographisch Surch-Kotal benachbart.

133 *Fragment eines Wandgemäldes nach Entfernung einer oberen Schicht, Göttin mit vier Armen auf einem Ungeheuer sitzend. Zweiter Tempel. Pendžikent, 6. Jahrhundert n. Chr.*

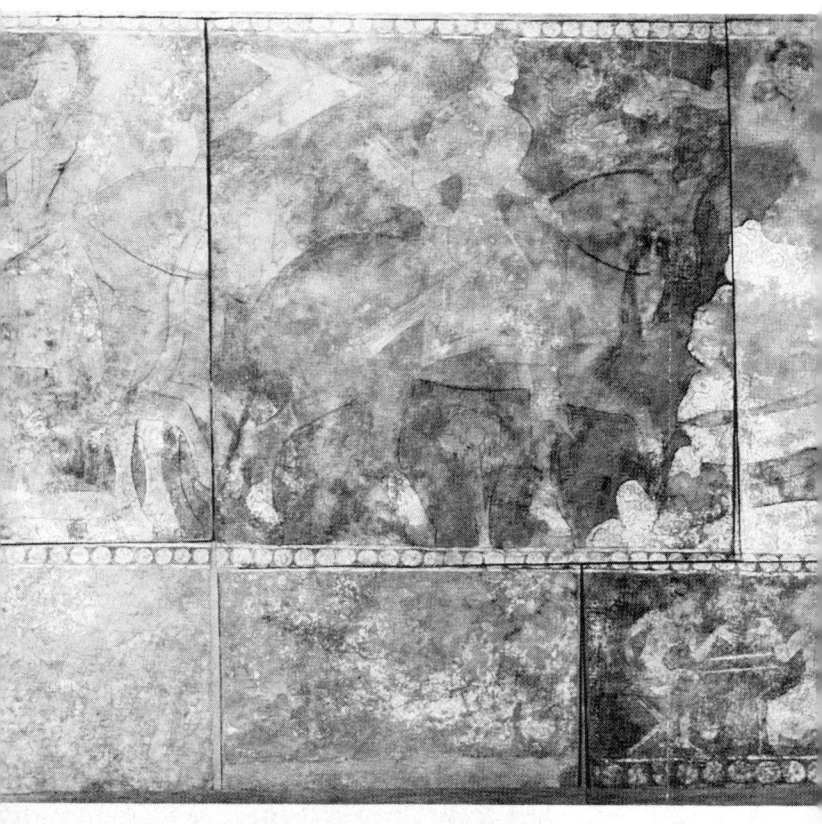

Die Kunst von Chalčajan ist von ausgeprägt höfischem und sä-
kularem Charakter. Im Lichte der vorangegangenen Erörterung
dürfen wir billigerweise annehmen, daß die Kunst dieser Zeit die
Grundlage der späteren Entwicklung war, die zur Bildung einer
Reihe verschiedener Schulen der zentralasiatischen Kunst führte.
So erkennen wir in der Tonskulptur von Surch-Kotal, und noch
mehr in jener von Chalčajan, sofort eine unmittelbare Vorgängerin
der höfischen Skulptur von Toprak-Kala in Choresmien. Darin
liegt nichts Überraschendes, da die Skulpturen von Toprak-Kala

134 *Wandmalerei: Aufbruch des Helden und seiner Truppe in den Krieg. Pend-žikent, 7. Jahrhundert n. Chr. (Siehe auch Bild 138.)*

Von links nach rechts: Nach dem Siege – Reiterschlacht

zeitlich der Kuschanperiode am nächsten stehen. Aber auch in späteren zentralasiatischen Werken des frühen Mittelalters läßt sich der Einfluß der Kuschan-Kunst mit gleicher Bestimmtheit verfolgen.

Das gilt auch für die buddhistische Kunst von Ak-Bešim, Kuva und Adžina-Tepe und für die säkulare Kunst von Balalyk-Tepe, Varachša und vor allem Pendžikent. Wir möchten darauf hinweisen, daß die Bewahrung der Traditionen höfischer Kunst bei den Kuschan dadurch unterstützt wurde, daß die regierenden Häuser der zentralasiatischen Fürstentümer im frühen Mittelalter sich auf ihre Abstammung von der Kuschan-Dynastie beriefen. An den Höfen dieser fürstlichen Familien der späteren Zeit und in der Kunst dieser Höfe wurden die Kuschan-Traditionen mit besonderer Zähigkeit bewahrt.

Freilich konnte sich eine lebendige Kunst nicht allein auf alte Traditionen aufbauen. Ein schlagendes Beispiel dafür bietet Pendžikent. Hier beobachten wir ein bedeutsames neues Phänomen, das gewiß ein wichtiger Schritt vorwärts in der Entwicklung der Kunst der Welt ist. Die Kunst von Pendžikent ging aus Tempel und Palast hervor, fand aber ihr Publikum in der gesamten Bürgerschaft. Dies ist die Erklärung der außerordentlichen Vielfalt von Sujets, die uns in der Kunst von Pendžikent überrascht. Zweifellos fanden sich die Mäzene dieser Kunst noch in den Oberschichten der Gesellschaft, und zweifellos spiegelte die von ihnen gepflegte Kunst die begrenzten Interessen und Geschmacksrichtungen sowie die Ideologie eben dieser Bevölkerungsschicht wider; dennoch bleibt die Tatsache bestehen, daß die Kunst von Pendžikent über den engen Horizont höfischer Kunst hinausreicht, über die Auffassung der Kunst als einer Form dynastischer Propaganda, wie sie sich z. B. im sassanidischen Iran findet.

Wenn ich jedoch darauf hinweise, daß die frühmittelalterliche Kunst Zentralasiens eine natürliche Entwicklungsform der Kuschan-Kunst ist, so meine ich damit nicht, daß sich *alle* ihre Eigenarten aus dieser erklären lassen. Wir dürfen nicht vergessen, daß sich die Kuschan-Kunst nicht im luftleeren Raum entwickelte; wie schon bemerkt, knüpfte sie an die Leistungen früherer Zeiten an. Auch stand die Entwicklung der zentralasiatischen Kunst in der Nachkuschanzeit nicht still.

Zentralasien war nicht isoliert von den Nachbarländern, weder in der vormuslimischen Zeit noch später, und Entsprechendes gilt für seine Kunst. Es bestand eine ständige Wechselwirkung zwi-

135 *Kampf zwischen Dämonen und Helden (inspiriert von der Rustam-Episode im Šāh-nāmä) (Siehe auch Bild 134, 138.)*

schen seiner Kultur und jener der Nachbarvölker, mit denen es enge politische und wirtschaftliche Verbindungen hatte. Eine Reihe von Forschern, darunter der italienische Gelehrte M. Bus-sagli[26], erkennen jetzt den Einfluß der sogdischen Kunst auf die Osttürkmeniens an, wobei sie sich auf das Material von Pendžikent stützen. Es unterliegt auch keinem Zweifel, daß gewisse Elemente in der bildenden Kunst des frühen Mittelalters in Zentralasien dem Einfluß so machtvoller Zentren künstlerischen Schaffens wie dem Indien der Guptas oder dem sassanidischen Iran zuzuschreiben sind. Immerhin ist beim gegenwärtigen Stand unseres Wissens der Schluß berechtigt, daß die Hauptzüge der Kunst Zentralasiens in der vorarabischen Zeit einem natürlichen Entwicklungsprozeß aus der Kunst des Kuschanreichs ererbter lokaler Traditionen entsprungen sind.

Religionsgeschichte

Eng verknüpft mit den durch die Entdeckung von Werken der Monumentalkunst gestellten Problemen sind gewisse Fragen bezüglich des Glaubens und der Kulte der Völker Zentralasiens in der vorislamischen Periode. Der Beitrag, den die Archäologie zur Lösung dieser Probleme leisten kann, ist höchst bedeutsam.

Ich bin allerdings nicht dazu berufen, diese Probleme im einzelnen zu diskutieren. In den folgenden Abschnitten gebe ich lediglich eine knappe Darstellung der Lage unmittelbar vor der arabischen Eroberung, d. h. der Islamisierung der Bevölkerung. Glücklicherweise ist das heute über diese Zeit vorliegende Material recht umfangreich, wenn auch noch nicht vollständig.

Dieses Problem hat natürlich die Gelehrten schon seit langem beschäftigt. Vor allem ist der Ursprungsort des Zoroastrismus umstritten (was natürlich eine gewisse Bedeutung für die Geschichte der Weltreligionen hat). Die sowohl in Westeuropa als auch in der Sowjetunion vorherrschende Ansicht ist, daß die Heimat Zarathustras und seiner Lehre in Zentralasien (Baktrien, Choresmien) zu suchen ist und daß diese Religion unter der einheimischen Bevölkerung dominierte. Demzufolge sind Versuche unternommen worden, die archäologischen Fakten mit Hilfe gewisser Stellen in der *Avesta*, dem heiligen Buch der Zoroastrier, zu deuten. So erklärt man z. B. die weiblichen Statuetten, die sich häufig finden, als Darstellungen der Anāhitā, der avestischen Göttin des Wassers und des Pflanzenreichs. Vielfach vertritt man auch die Ansicht, daß

136 *Wandmalerei: Festszene. Pendžikent, Sektor VI, Saal 1, 7.–8. Jahrhundert n. Chr.*

die für Zentralasien so chrakteristische Ossuarienbestattung als ein zoroastrischer Zug anzusehen ist. Nach Meinung des Autors jedoch ist keine dieser Annahmen überzeugend bewiesen worden. Das Argument, wonach die Ossuarienbestattungen als Beweis für den Zoroastrismus zu betrachten sind, scheint besonders schwach. Ein ganz typischer Zug der zentralasiatischen Ossuarien ist das Vorkommen verschiedener Darstellungen menschlicher Figuren (manchmal ganzer Szenen) sowie von Tieren und vielfältiger Ornamentik auf der Vorderseite des Deckels. Von einigen Ausnahmen abgesehen sind wir völlig außerstande, diese Darstellungen auf Grund des kanonischen (offiziellen) Zoroastrismus zu erklären; ja, einige von ihnen verschließen sich ganz offensichtlich einer zoroastrischen Deutung. So stehen die eine Totenklage darstellenden Szenen, die sich zuweilen auf den Ossuarien finden, oder die Gestalten einen Trauertanz vollführender Frauen im offenkundigen Widerspruch zu den avestischen Vorschriften über die Begräbnisriten.

Gewisse Züge des Ossuarienbegräbnisritus, wie er in vorarabischer Zeit Sitte war, gingen zweifellos auf die verschiedensten Ursprünge zurück. Die Szenen der Totenklage stammen offenbar aus den Bräuchen der Steppenvölker (unter Einschluß der Skythen), die von vielen Autoren so lebendig beschrieben werden, von Herodot bis zu den byzantinischen Historikern und auch von den chinesischen Chronisten. Wahrscheinlich hat sich die Verwendung von Ossuarien, und besonders die Sitte, diese mit verschiedenen Szenen und Figuren zu schmücken, unter dem Einfluß des Brauches entwickelt, die Toten in geschmückten Sarkophagen, die in der hellenistischen und spätrömischen Zeit so weit verbreitet waren, beizusetzen.

Es ist auch zu bedenken, daß sich Ossuarienbestattung in Ländern findet, die keinerlei Verbindung mit dem Zoroastrismus aufweisen, so in Palästina. Bei der Berücksichtigung der Stellung des Zoroastrismus unter den Religionen Zentralasiens müssen wir ferner beachten, daß trotz so vielen archäologischen Forschungen bisher kein einziger Tempel entdeckt worden ist, der mit Sicherheit als Feuertempel ausgemacht werden kann; dabei haben, wie wir sahen, die Ausgrabungen eine Fülle von Tempeln anderer Religionen zutage gefördert. Noch bedeutsamer ist die Tatsache, daß die schriftlichen Quellen in den Sprachen der Völker Zentralasiens nicht einen einzigen Text enthalten, der etwas mit dem Zoroastrismus zu tun hat. Diese Tatsachen sind kaum bloßem Zufall zuzu-

137 *Wandmalerei: Festszene. Pendžikent, Sektor XVI, Saal 10, 7.–8. Jahrhundert n. Chr.*

138 *Wandmalerei: Aufbruch des Helden und seiner Truppe in den Krieg. Pend-žikent, 7. Jahrhundert n. Chr.*

schreiben. Und obwohl dieses negative Beweismaterial natürlich nicht ausreicht, um die Existenz des Zoroastrismus in Zentralasien überhaupt auszuschließen, so zeigt es doch, daß dieser dort nicht die herrschende Religion gewesen sein kann.

Charakteristisch für die religiöse Situation im vorislamischen Zentralasien war, wie Barthold vor langer Zeit bemerkt hat, ein hoher Grad von Toleranz. Es gibt keinen Hinweis darauf, daß eine einzige Religion sich in ganz Zentralasien als offizielle Staatsreligion durchgesetzt hätte. Dieses Gebiet wurde vielmehr eine Zufluchtsstätte für die Anhänger verschiedener häretischer Lehren, die in solchen Ländern, wo eine herrschende Religion offiziell vom Staat anerkannt war (wie es etwa in Iran oder Byzanz der Fall war), Verfolgungen ausgesetzt waren.

In den Städten Zentralasiens, deren Bevölkerung in ihrer Herkunft und sozialen Stellung sehr gemischt war, begegneten sich die verschiedensten Ideologien, Religionen und Kulte; dies aber führte ganz selbstverständlich zu einer Verschmelzung all dieser Elemente.

Diese Tendenz läßt sich klar in den Kultbauten und in der Kunst von Pendžikent erkennen. Die beiden Tempel sind dabei besonders interessant. Ihr auffallendster Zug ist der ungewöhnliche Bauplan, für den sich anderswo keine exakte Parallele hat finden lassen, obwohl gewisse Ähnlichkeiten z. B. mit einem Heiligtum bei Surch-Kotal und buddhistischen Tempeln bei Ak-Bekiš und in Ostturkestan unverkennbar sind. Wir sind aber keineswegs berechtigt, sie als zoroastrische Heiligtümer zu identifizieren.

Ein sehr buntes Bild religiöser Vorstellungen lassen auch die bei Pendžikent gefundenen Kunstwerke erkennen, sowohl in den Tempeln selbst als auch in den Wohnhäusern. Eine detaillierte Analyse der kultischen Bezüge dieser Werke wäre einer besonderen Untersuchung wert. Hier müssen einige allgemeine Bemerkungen genügen.

Die Reste von Malereien in den Tempeln legen Zeugnis ab von dem großen Wert, den man auf den Ahnenkult und damit verbundene Rituale legte; Beispiele sind die Szene mit der Totenklage im zweiten Tempel sowie Leichenschmaus und Trauertanz im ersten. Sehr wahrscheinlich waren also die Tempel selbst vornehmlich diesem Kult geweiht, das bestätigen auch die schriftlichen Quellen. Andere Wandmalereien, die man vor allem in Privathäusern, zuweilen aber auch in Tempeln fand (etwa die Darstellungen einer weiblichen Gottheit, die symbolische Bilder von Sonne und Mond in den Händen hält), und einige Holzreliefs (z. B. mit einem Sonnenwagen), ferner Symbole von Himmelskörpern auf gewissen Ossuarien und andere Beispiele von Kleinplastik aus Zentralasien zeigen, daß die Himmelskörper (Sonne, Mond und Planeten) in Symbolen dargestellt wurden und Gegenstand religiöser Verehrung waren.

Das Paneel aus dem Iwan des zweiten Tempels berechtigt uns zu der Annahme, daß es einen Wasserkult gab, der bei der Verehrung bestimmter Flüsse, darunter des Serafschan, konkretere Form angenommen haben mag.

Eines der bemerkenswertesten Werke religiöser Ikonographie bei Pendžikent ist die bildliche Darstellung einer vierarmigen weiblichen Gottheit *(Abb. 133)*, die man 1964 innerhalb des zweiten Tempels entdeckte, und zwar während der Ausgrabung der Überreste von Bauten, die aus einer früheren Bauschicht als die Tempel selbst stammten.

Die Göttin wird dargestellt auf einem Throne in Form eines phantastischen Tieres, eines Drachen mit dem Rumpf einer Schlange, sitzend. Eine weitere Darstellung der vierarmigen Göttin befindet sich in einer Gruppe von Klagenden aus einer Malerei im zweiten Tempel. Aufgrund einer ikonographischen Analyse, verbunden mit gewissen Stellen in den schriftlichen Quellen, zweifle ich nicht daran, daß diese Göttin in Pendžikent unter dem Namen Nanaia verehrt wurde; ihr Kult war (unter diesem oder einem anderen Namen) seit frühester Zeit im ganzen Vorderen Orient verbreitet. Ihr Name findet sich in Pendžikent auf einer der am Orte geprägten Münztypen, und einer der frühen arabischen Geographen berichtet uns, daß er auch ein Teil der offiziellen Titulatur der lokalen Herrscher war.

Ein Werk, das unter den erhaltenen Kunstwerken von Pendžikent fast allein steht, ist die Darstellung einer Gottheit in Form einer tanzenden männlichen Figur, deren Körper blau bemalt ist. Aller Wahrscheinlichkeit nach war diese Figur inspiriert durch die

139
*Skulptur eines
Kriegers, verkohltes
Holz. Pendžikent,
Ende 7. bis Beginn
8. Jahrhundert n. Chr.*

140
Skulptur einer Frau,
verkohltes Holz.
Pendžikent, Ende
7. bis Beginn
8. Jahrhundert
n. Chr.

Ikonographie des Schiwa, des indischen Gottes, dessen charakteristische Attribute die Tanzpose und die blaue Bemalung des Körpers sind.

Es braucht kaum gesagt zu werden, daß dieser knappe Bericht über die religiösen Kulte, der ja nur auf den erhaltenen Fragmenten zentralasiatischer Kunst beruht, keine Vollständigkeit beanspruchen kann; aber er reicht immerhin aus, um den komplexen Charakter der Glaubensvorstellungen Zentralasiens zu beweisen. Es ist klar, daß wir in der Symbolik, die mit der Ikonographie der lokalen Kulte verbunden ist, aus anderen Gebieten entlehnte Elemente entdecken können. So dürfte, wie eine Analyse zeigt, das Symbol der Sonne (Mithra) als Wagenlenker aus anderen Kulten übernommen worden sein, z. B. aus dem des indischen Sonnengottes Sūrya oder des griechischen Helios. Ähnlich ist die Ikonographie der vierarmigen Göttin eine Mischung ganz heterogener Elemente aus den Kulten Indiens und der Länder des Vorderen Orients. Diese Verschmelzung von Kultbildern ist eine Folge der weitreichenden Verbindungen Zentralasiens zu den Ländern des Ostens und der erwähnten Toleranz gegenüber fremden Religionen.

Synchronoptische Tabellen

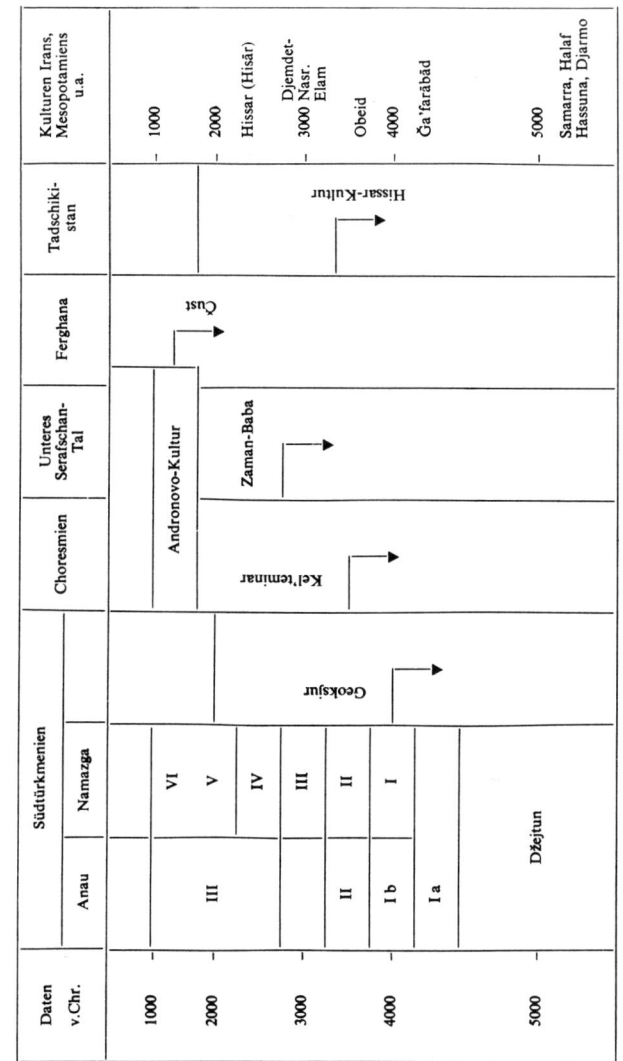

Vom 6.–1. Jahrtausend v.Chr.

Daten v.Chr.	Südturkmenien		Choresmien	Unteres Serafschan-Tal	Ferghana	Tadschiki-stan	Kulturen Irans, Mesopotamiens u.a.
	Anau	Namazga					
1000		VI			Čust		1000
2000	III	V	Andronovo-Kultur	Zaman-Baba			2000 Hissar (Hisâr)
3000		IV					Djemdet-Nasr.
		III					3000 Elam
4000	II	II		Kel'teminar		Hissar-Kultur	Obeid 4000
	I b	I	Geoksjur				Ča'farâbâd
	I a						
5000		Džejtun					5000 Samarra, Halaf Hassuna, Djarmo

Weiter auf Seite 206

*Wandmalerei:
Schlacht von
Elefanten herab
gegen Leoparden.
Varachša,
7. Jahrhundert
n. Chr.*

142 *Wie 141: Kampf
gegen Greifen*

143 *Wie 141, 142:
Kampf gegen
Tiger*

Daten	Zentralasien	Daten	Iran
530–330 v.Chr.	Achämenidische Satrapien in Zentralasien	559–330	Reich der Achämeniden
		559–529	Kyros II., der Große
522–518	Aufstände in Margiana und anderen Teilen Zentralasiens	522–486	Darius I.
		520–518	Inschrift von Behistun
329–327	Widerstandskampf der Baktrier, Sogder und Saken gegen Alexander den Großen	334–330	Alexander der Große erobert die Westteile des Achämenidenreichs und Iran
		323	Alexander stirbt in Babylon
312–250	Seleukidische Satrapen in Zentralasien	321–64	Seleukiden
ca. 250–130	Gräko-Baktrisches Reich	250 v.Chr. bis 226 n.Chr.	Partherreich
ca. 165	Eindringen der Yüäh-tschi in Zentralasien	ca. 173–138	Mithridates I.
128	Tschang-k'ien in Nordbaktrien	ca. 123–88	Mithridates II.
1. Jh. v.Chr. bis 4. Jh. n.Chr.	Kuschanreich	53	Sieg der Parther über die Römer bei Carrhae
ca. 25 v.Chr. bis 35 n.Chr.	Kudschula Kadphises		
78–123	Kanischka I.		
		226–651	Sassaniden
ca. 217–241	Väsudeva	226–241	Ardašīr I.
		241–273	Šāpūr I.
ca. 2. Hälfte 3. Jh. bis Mitte 4. Jh.	Kidariten (ein Zweig der Kuschandynastie) und Chioniten	309–379	Šāpūr II.
359	Chioniten mit dem Sassanidenkönig Schapur II. bei der Belagerung von Amida verbündet		
Mitte 5. Jh. bis 563/5	Reich der Hephthaliten (Weiße Hunnen)		
484	Tod des Sassanidenkönigs Pērōz in einer Schlacht gegen die Hephthaliten	Ende 5. Jh.	Mazdakitenbewegung
563–565	Ende des Hephthalitenreiches. Sein Gebiet wird zwischen die Sassaniden (Ḫusrau I.) und das Türkische Chanat aufgeteilt	530–579	Ḫusrau I.
ca. 580	Das Türkische Chanat (Köktürkische Reich) zerfällt in ein Ost- und ein Westchanat		
588–589	Bahräm Čūbīns Kampf mit den Türken	590	Bahräm Čūbīn
630	Hsüän-Ts'ang in Zentralasien	599–627	Ḫusrau II.
651	Merv von den Arabern erobert	637–651	Araber erobern Iran
674	Erster arabischer Vormarsch in Transoxanien (Mā warā' an-nahr)		

Daten	Nordwestindien	Daten	China und die nördlichen Steppen
6. bis 4. Jh. v.Chr.	Achämenidische Satrapie	Mitte 7. bis Ende 5. Jh. v.Chr.	Tsch'in-Dynastie
364–324	Nanda-Dynastie in Māgadhā		
327–325	Alexander der Große fällt in Indien ein		
324 bis ca. 200	Maurya-Dynastie		
273–236	Aśoka		
ca. 190–40	Indogriechische Könige	202 v.Chr. bis 25 n.Chr.	Frühere Han-Dynastie
		205–165	Gründung des «Steppenreichs» der Hunnen (Maotun)
2. Hälfte 1. Jh. v.Chr.	Kuschan beginnen Eroberung Indiens		
		25–221 n.Chr.	Spätere Han-Dynastie
Beginn 2. Jh. n.Chr.	Hauptstadt der Kuschan von König Kanischka nach Nordindien (Peśāvar) verlegt		
		265–420	Tsch'in-Dynastie
320–330	Candragupta I., Begründer der Gupta-Dynastie		
		386–558	Wei-Dynastie in Nordchina
450–455	Hephthaliten (Hunnen) fallen in Indien ein		
		557–581	Nördliche Dynastien
		ca. 550	Gründung des Türkischen Chanats
		531–618	Sui-Dynastie
		618–907	T'ang-Dynastie

144 *Wandmalerei:*
Festszene.
Pendžikent,
Sektor XVI,
Saal 10, 7.–8.
Jahrhundert
n. Chr.

145 *Wie 144*

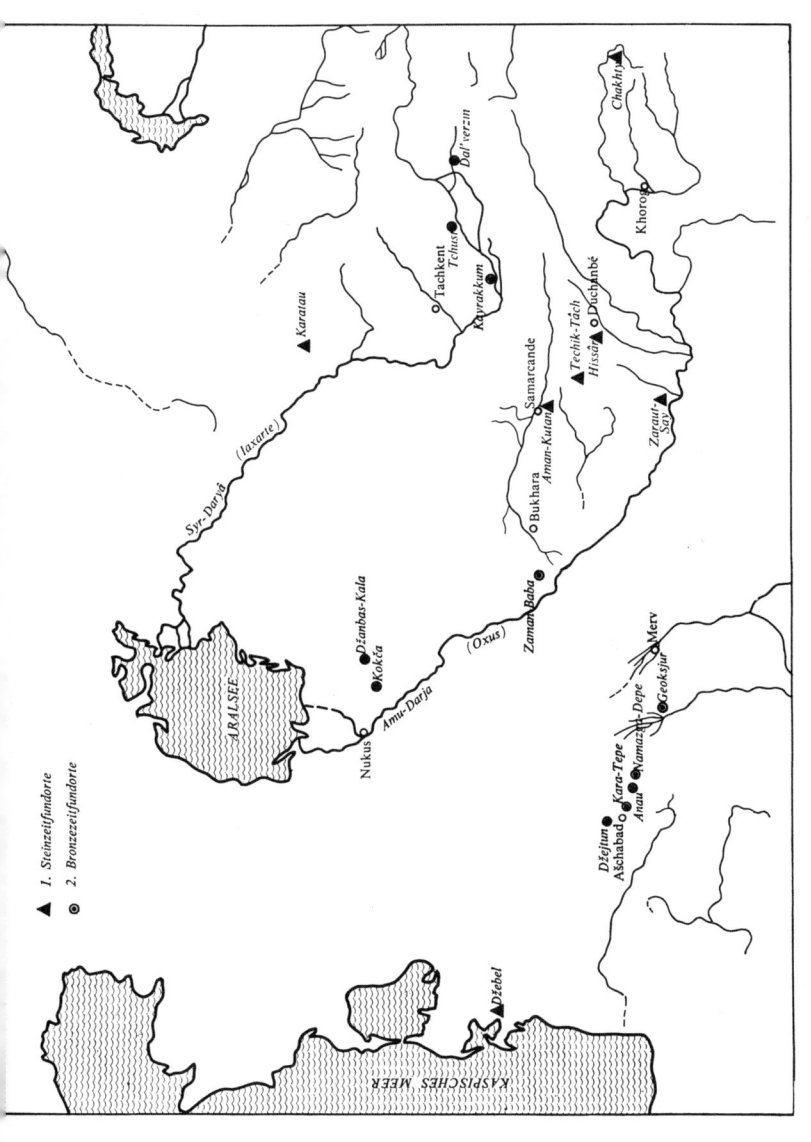

▲ 1. Steinzeitfundorte

◎ 2. Bronzezeitfundorte

KASPISCHES MEER

▲Džebel

ARALSEE

Nukus

Amu-Darja

(Oxus)

Zaman-Baba

Kokča

Džanbas-Kala

Syr-Darjā (Iaxarte)

Karatau ▲

Tachkent ○
Tchus ●
Kayrakkum ●

Dal'verzin ●

Samarcande ○
Aman-Kutan ▲

Bukhara ○

Techik-Tāch ▲
Hissā ○
Duchanbé ○

Zaraut-Say ▲

Khoro ●

Chakht ●

Džejtun ●
Aschabad ○
Anau ●
Kara-Tepe ●
Namazga-Depe ◎

Geoksjur ◎

Merv ●

Anmerkungen

1 In den letzten Jahren sind von einer Expedition des Instituts für Geschichte der Ösbekischen Akademie der Wissenschaften unter V. A. Šiškin systematische Ausgrabungen in Afrāsiyāb durchgeführt worden. 1965 wurden einige hervorragend erhaltene Wandmalereien aus dem 7. oder frühen 8. Jahrhundert n. Chr. entdeckt. Vgl. V. A. Šiškin, *Afrosiab – sokroviščnica drevnej kul'tury* (Afrāsiyāb, eine Schatzkammer der alten Kultur), Taschkent 1966.

2 Vgl. M. S. Jusupov, *50 let Samarkandskogo muzeja*, 1896–1946 (Fünfzig Jahre Museum von Samarkand, 1896–1946), Samarkand 1948.

3 A. Hrdlička, Important Paleolithic Find in Central Asia, *Science*, New Series, 90, 1939, S. 297.

4 Der Name Geoksjur bezieht sich auf eine Gruppe besiedelter Erdhügel; nur die als Geoksjur I bekannte Siedlung ist ausgegraben worden. Vgl. I. N. Chlopin, *Geoksjurskaja gruppa poselenij epochi eneolita. Opyt istoričeskogo analiza* (Die Siedlungsgruppe von Geoksjur aus dem Äneolithikum, Versuch einer historischen Analyse), Moskau und Leningrad 1964.

5 V. V. Bartol'd, K istorii persidskogo eposa (Zur Geschichte des persischen Epos) *Zapiski Vostočnago Otdělenija Imperatorskago Russkago Archeologičeskago obščestva* (Sitzungsberichte der Orientalischen Abteilung der Kaiserlich Russischen Archäologischen Gesellschaft), Band 22, Sankt Petersburg 1915, S. 257.

6 Herodot VII, 64.

7 W. Tarn, *Alexander the Great*, I, Cambridge 1948, S. 60.

8 D. Schlumberger und P. Bernard, Aï Khanoum, *Bulletin de correspondance hellénique*, XXXIX, 1965, II, S. 590. D. Schlumberger, Aï Khanoum, une ville hellénistique en Afghanistan, *Comptes rendus de l'Académie des Inscriptions et Belles-lettres*, 1965, I, S. 36.

9 A. I. Terenožkin, Sogd i Čač (Sogdien und Alt-Taschkent), *Kratkie soobščenija . . . Instituta istorii material'noj kul'tury* (AN SSSR) (Kurze Mitteilungen . . . des Instituts für die Geschichte der materiellen Kultur [Sowjetische Akademie der Wissenschaften]), Moskau und Leningrad 1950, XXXIII, S. 156.

10 N. J. Bičurin (Iakinf), *Sobranie svedenij o narodach, obitavšich v Srednej Azii v drevnie vremena* (Sammelwerk von Mitteilungen über die Völker, die vor alters in Zentralasien lebten), II, Moskau und Leningrad 1950, S. 152. Vgl. auch *Journal of the American Oriental Society* 37, 1917, S. 97f.

11 Bičurin, loc. cit. 227 und E. Chavannes, Les pays d'occident d'après le Heou-Han chou, *T'oung Pao*, série II, vol. VIII, 1907, S. 190.

12 Strabo XI, VIII, 2.
13 G. A. Pugačenkova und L. L. Rempel', *Istorija iskusstv Uzbekistana* (Geschichte der Künste in Usbekistan), Taschkent 1965, S. 50.
14 G. A. Pugačenkova, *Chalčajan*, Taschkent 1966, 153 ff.
15 S. P. Tolstov, *Po drevnim del'tam Oksa i Jaksarta* (In den alten Deltas des Oxus und Jaxartes), Moskau 1962, S. 210.
16 Ammianus Marcellinus, *Res Gestae,* XIX, 1 ff.
17 Procopius, *Bellum Persicum* I, 3.
18 Bičurin, loc. cit. S. 288.
19 W. Barthold (= V. V. Bartol'd), *Turkestan down to the Mongol Invasion*, 2. Auflage, London 1958 (E. J. W. Gibb Memorial Series, N. S. V.), 180 f.
20 Für den vorliegenden Bericht bin ich B. A. Litvinskij und T. I. Zejmal', Archäologen, die Ausgrabungen in Adžina-Tepe durchgeführt haben, zu Dank verpflichtet.
21 V. A. Šiškin, *Varachša*, Moskau 1963, S. 167.
22 A. U. Pope (Herausgeber), *A Survey of Persian Art,* IV, London und New York 1938, Tafel 145.
23 V. V. Bartol'd, Vostočno-Iranskij vopros (Die ostiranische Frage), *Izvestija Rossijskoj Akademii Material'noj Kul'tury*, Band II, Leningrad 1922, S. 366.
24 M. I. Rostovtzeff, Dura and the Problem of Parthian Art, *Yale Classical Studies* V, 1935.
25 D. Schlumberger, Descendants non-méditerranéens de l'art grec, *Syria*, 1960, S. 316.
26 Mario Bussagli, *Painting of Central Asia* (Skira, Genf 1963), S. 43 (Kapitel 3 »Piandzikent and the Influence of Sogdiana«). Vgl. G. Tucci, The Tibetan »Whitesun moon« and cognate deities, *East and West*, N. S. Band 14, Nummer 3–4, 1963, S. 133.

Bibliographie

(Werke, die eine Bibliographie enthalten, sind mit einem Sternchen versehen)

Bibliographien, Reihen, allgemeine Arbeiten

Sovetskaja Archeologičeskaja literatura; Bibliografija 1918–1940 (Sowjetische archäologische Literatur; Bibliographie 1918–1940), Moskau und Leningrad 1965.

Sovetskaja Archeologičeskaja literatura; Bibliografija 1941–1957 (Sowjetische archäologische Literatur; Bibliographie 1941–1957), Moskau und Leningrad 1959.

Archeologičeskie raboty v Tadžikistane (Archäologische Arbeiten in Tadschikistan), I–IX, Dušanbe 1954–1961.

A. N. BERNŠTAM, Istoriko-archeologičeskie očerki central'nogo Tjan'-šanja i Pamiro Alaja (Historisch-archäologische Untersuchungen über den zentralen Tien-schan und den Pamir-Alaj), *MIA* 26, Moskau und Leningrad 1952.

A. N. BERNŠTAM, Trudy Semirečenskoj archeologičeskoj ekspedicii; Čujskaja dolina (Berichte der archäologischen Siebenstromland-Expedition; das Ču-Tal), *MIA* 14, Moskau und Leningrad 1950.

* G. FRUMKIN, Archaeology in Soviet Central Asia, I–V, *Central Asian Review* 1963–1965.

Istorija material'noj kul'tury Uzbekistana (Geschichte der materiellen Kultur Usbekistans), 1–7, Taschkent 1959–1966

* *Istorija Tadžikskogo naroda* (Geschichte des tadschikischen Volkes), Bd. 1, *S drevnejšich vremen do V v. n. e.* (Von der Urzeit bis zum 5. Jahrhundert n. Chr.), Moskau 1963.

* *Istorija Uzbekskoj SSR* (Geschichte der Usbekischen SSR), Bd. I, Buch 1, Taschkent 1955.

Materialy Chorezmskoj ekspedicii (Materialien der Choresmien-Expedition), 1–7, Moskau 1959–1963.

G. A. PUGAČENKOVA und L. I. REMPEL', *Istorija iskusstv Uzbekistana s drevnejšich vremen do serediny devjatnadcatogo veka* (Geschichte der Künste in Usbekistan von der Urzeit bis zur Mitte des 19. Jahrhunderts), Moskau 1965.

Termezskaja archeologičeskaja ekspedicija (Die archäologische Termez-Expedition), Bd. I, *Trudy UzFAN* (Berichte der UzFAN), Serie I, Nr. 2, Taschkent 1941.

Termezskaja archeologičeskaja ekspedicija (Die archäologische Termez-Expedition), *Trudy Akademii nauk UzSSR* (Berichte der Akademie der Wissenschaften der Usbekischen SSR), Serie I, Bd. II, Taschkent 1945.

S. P. TOLSTOV, *Drevnij Chorezm* (Altchoresmien), Moskau 1948.

S. P. TOLSTOV, *Po drevnim del'tam Oksa i Jaksarta* (An den alten Deltas des Oxus und Jaxartes), Moskau 1962.

Trudy Chorezmskoj archeologo-etnografičeskoj ekspedicii (Berichte der archäologischen und ethnographischen Choresmien-Expedition), I–IV, Moskau 1952–1959.

Trudy Instituta Istorii i Archeologii (Berichte des Instituts für Geschichte und Archäologie), Akademie der Wissenschaften der Usbekischen SSR, I–VIII, Taschkent 1948–1957.

Trudy Južno-turkmenistanskoj archeologičeskoj kompleksnoj ekspedicii (Berichte der komplexen archäologischen Südtürkmenien-Expedition), I–XII, Aschchabad 1949–1964.

Trudy Tadžikskoj archeologičeskoj ekspedicii (Berichte der tadschikischen archäologischen Expedition), I–V: *MIA* 15 (1950), 37 (1953), 66 (1958), 124 (1964), 136 (1966).

Einleitung

* *Archeologičeskie ekspedicii Gosudarstvennoj Akademii istorii material'noj kul'tury i Instituta Archeologii AN SSSR 1919–1956; Ukazatel'* (Archäologische Expeditionen der Staatlichen Akademie für die Geschichte der materiellen Kultur und des Instituts für Archäologie der Akademie der Wissenschaften der UdSSR; Index), Moskau 1962.

Archeologija i estestvennye nauki (Die Archäologie und die Naturwissenschaften), Moskau 1965.

A. J. JAKUBOVSKIJ, Iz istorii archeologičeskogo izučenija Samarkanda (Aus der Geschichte der archäologischen Erforschung Samarkands), *Trudy Otdela Vostoka; Gosudarstvennyi Ermitaž* (Berichte der orientalischen Abteilung der Staatlichen Eremitage), Leningrad 1940, Bd. II, S. 285 ff.

P. J. KOSTROV und I. L. NOGID, Removal of Salts from Ancient Middle Asian Painting by means of Electrodialysis, *Studies in Conservation*, Bd. 10, Nr. 3, August 1965.

P. J. KOSTROV und E. G. SHEININA, Restoration of Monumental Painting on Loess Plaster using Synthetic Resins, *Studies in Conservation*, Bd. 6, Nr. 2 und 3, 1961.

B. B. LUNIN, *Iz istorii russkogo vostokovedenija i archeologii v Turkestane; Turkestanskij kružok ljubitelej archeologii (1895–1917 gg.)* (Aus der Geschichte der russischen Orientalistik und Archäologie in Turkestan; der Zirkel der Liebhaber der Archäologie Turkestans, 1895–1917), Taschkent 1958.

M. E. MASSON, Kratkij očerk istorii izučenija Srednej Azii v archeologičeskom otnošenii (Kurze Übersicht über die Erforschungsgeschichte Zentralasiens in archäologischer Hinsicht), Teil I, *Trudy Sredneaziatskogo Gosudarstvennogo universiteta* (Berichte der staatlichen Universität Zentralasiens), Nr. 81, Taschkent 1956.

S. A. SEMENOV, Pervobytnaja technika (Opyt izučenija drevnejšich orudij i izdelij po sledam raboty) (Die Technik der Urzeit; eine Untersuchung der ältesten Werkzeuge und Manufakte), *MIA* 54, 1957.

Das Vorgeschichtliche Zentralasien

Ch. A. ALPYSBAEV, Nachodki nižnego paleolita v južnom Kazachstane (Frühpaläolithische Funde in Südkasachstan), *Trudy Instituta Istorii, archeologii i etnografii AN Kaz. SSR* (Berichte des Instituts für Geschichte, Archäologie und Ethnographie der Akademie der Wissenschaften der Kasachischen SSR), Bd. 7, *Archeologija* (Archäologie), 1959, 232–241.

A. N. BERNŠTAM, Naskal'nye izobraženija Sajmaly-Taš (Die Felsbilder vom Saimaly-Taš), *SE* 1952, Nr. 2.

D. D. BUKINIČ, Istorija pervobytnogo orošaemogo zemledelija v Zakaspijskoj oblasti v svjazi s voprosom o proischoždenii zemledelija i skotovodstva (Die Geschichte der urtümlichen Bewässerungs-Agrikultur in Transkaspien in Hinsicht auf das Problem der Entstehung von Ackerbau und Viehzucht), *Chlopkovoe delo* (Baumwollindustrie), 1924, Nr. 3–4.

S. S. ČERNIKOV, Rol' andronovskoj kul'tury v istorii Srednej Azii i Kazachstana (Die Rolle der Andronovo-Kultur in der Geschichte Zentralasiens und Kasachstans), *KSIE* 26, 1957.

I. N. CHLOPIN, *Geoksjurskaja gruppa poselenij epochi eneolita* (Die Geoksjur-Gruppe äneolithischer Siedlungen), Moskau und Leningrad 1964.

A. A. FORMOZOV, O naskal'nych izobraženijach Zaraut-kamara v uščel'e Zaraut-saj (Die Felsbilder von Zaraut-Kamara in der Schlucht Zaraut-Saj), *SA* 1966, 4, S. 14 ff.

B. Z. GAMBURG und N. G. GORBUNOVA, Novye dannye o kul'ture epochi bronzy ferganskoj doliny (Neue Tatsachen über die Bronzezeitkultur des Ferghanatals), *SA* 1957, 3.

J. G. GULJAMOV, U. ISLAMOV und A. ASKAROV, *Pervobytnaja kul'tura i vozniknovenie orošaemogo zemledelija v nizov'jach Zarafšana* (Die Urzeitkultur und das Aufkommen der Bewässerungs-Agrikultur im unteren Serafschan-Tal), Taschkent 1966.

M. A. ITINA, Stepnye plemena Sredneaziatskogo meždureč'ja vo vtoroj polovine 2-go – načala 1-go tysjačeletija do n. e. (Die Steppenstämme des zentralasiatischen Zwischenstromlandes in der 2. Hälfte des 2. und zum Beginn des 1. Jahrtausends v. Chr.), *XXV Meždunarodnyj kongress vostokovedov Doklady delegacii SSSR* (25. Internationaler Orientalistenkongreß, Vorträge der sowjetischen Delegation), Moskau 1960.

B. A. KUFTIN, Polevoj otčet o rabote XIV otrjada JuTAKE po izučeniju kul'tury pervobytnoobščinnych osedlo-zemledel'českich poselenij epochi medi i bronzy v 1952 g. (Feldbericht über die Arbeit der JuTAKE, Gruppe 14, zur Untersuchung der Kultur der urgemeinschaftlichen seßhaften und Ackerbau treibenden Bevölkerung der Kupfer- und Bronzezeit, 1952), *Trudy JuTAKE* (Berichte der JuTAKE), Bd. VII, Aschchabad 1959.

B. A. LATYNIN, Raboty v rajone proektiruemoj elektrostancii na r. Naryn v Fergane (Die Arbeiten im Bezirk des projektierten Elektrokraftwerks am Flusse Naryn in Ferghana) *Izvestija GAIMK* (Sitzungsberichte der GAIMK), Nr. 110, Leningrad 1953.

D. N. LEV, Archeologičeskie issledovanija Samarkandskogo Gosudarstvennogo universiteta 1955–1956 gg. (Archäologische Forschungen der Staatlichen Universität von Samarkand in den Jahren 1955–1956), *Trudy Samarkandskogo Gosudarstvennogo Un-ta* (Berichte der Staatlichen Universität von Samarkand), Neue Serie, Nr. 101.

D. N. LEV, Drevnij paleolit v Aman-Kutane (Altpaläolithikum in Aman-Kutan), *Trudy UzGU* (Berichte der Usbekischen Staatlichen Universität), Neue Serie, Nr. 39, Samarkand 1949.

B. A. LITVINSKIJ, Namazga-tepe po dannym raskopok 1949–1950 gg. (Namazgatepe, nach den Grabungen von 1949–1950), *SE* 1952, Nr. 4.

B. A. LITVINSKIJ, A. P. OKLADNIKOV und V. A. RANOV, *Drevnosti Kajrak-Kumov* (Altertümer von Kajrak-Kum), Dušanbe 1962.

V. M. MASSON, *Srednjaja Azija i Drevnij Vostok* (Zentralasien und der Alte Orient), Moskau und Leningrad 1964.

A. P. OKLADNIKOV, Drevnejšie archeologičeskie pamjatniki Krasnovodskogo poluostrova (Die ältesten archäologischen Denkmäler der Halbinsel Krasnovodsk), *Trudy JuTAKE* (Berichte der JuTAKE) II, Aschchabad 1953, S. 105.

R. PUMPELLY, *Explorations in Turkestan, Expedition of 1904: Prehistoric Civilisations of Anau*, Bd. I–II, Washington 1908.

V. A. RANOV, *Kamennyj vek Tadžikistana* (Die Steinzeit in Tadschikistan), I, *Paleolith* (Das Paläolithikum), Dušanbe 1965.

V. A. RANOV, Risunki kamennogo veka v grote Šachty (Die Steinzeitzeichnungen aus der Šachty-Höhle), *SE* 1961, Nr. 6.

A. ROGINSKAJA, *Zaraut-saj*, Moskau 1950.

V. I. SPRIŠEVSKIJ, *Čustskoe poselenie (K istorii Fergany v epochu bronzy)* (Die Siedlung Čust; Zur Geschichte Ferghanas in der Bronzezeit), Autoreferat, Taschkent 1963.

* *Srednjaja Azija v epochu kamnja i bronzy* (Zentralasien in der Stein- und Bronzezeit), Moskau und Leningrad 1966.

Tešik-Taš, Paleolitičeskij čelovek (Tešik-Taš; Der Mensch der Altsteinzeit) (Sammlung von Artikeln), Moskau 1949.

H. V. VALLOIS, Besprechung zu: A. Okladnikov, G. Debec und V. Gromova, Issledovanie paleolitičeskoj peščery Tešik-Taš (Erforschung der paläolithischen Höhle von Tešik-Taš), *L'Anthropologie*, Paris, Bd. 50, 1941–1946, S. 529–532.

F. WEIDENREICH, The Paleolithic Child from Teshik-Tash Cave in Southern Uzbekistan (Central Asia), *American Journal of Physical Anthropology*, Neue Serie 3, 1945, S. 151–162.

* J. A. ZADNEPROVSKIJ, Drevnezemledel'českaja kul'tura Fergany (Die alte Ackerbaukultur von Ferghana), *MIA* 118, 1962.

Zentralasien in Frühgeschichtlicher Zeit

K. A. AKIŠEV und G. A. KUŠAEV, *Drevnjaja kul'tura sakov i usunej doliny reki Ili* (Die alte Kultur der Saken und Wu-sun des Ili-Flußtals), Alma-Ata 1963.

L. I. AL'BAUM, *Balalyk-tepe*, Taschkent 1960.

J. D. BARUZDIN, Kara-Bulakskij mogil'nik (Der Friedhof von Kara-Bulak), *Izvestija AN Kirgizskoj SSR* (Sitzungsberichte der Kirgisischen Akademie der Wissenschaften) III, 3, Frunze 1961.

A. N. BERNŠTAM, Kenkol'skij mogil'nik (Der Friedhof von Kenkol'), *Archeologičeskie ekspedicii Ermitaža* Archäologische Expeditionen der Eremitage) 2, Leningrad 1940.

M. le BERRE und D. SCHLUMBERGER, Observations sur les remparts de Bactre, *MDAFA* XIX, Paris 1964, S. 66ff.

R. CURIEL und G. FUSSMAN, Le trésor monétaire de Qunduz, *MDAFA* XX, Paris 1965.

O. M. DALTON, *The Treasure of the Oxus*, London 1926.

M. M. D'JAKONOV, Složenie klassovogo obščestva v Severnoj Baktrii (Die Entstehung einer Klassengesellschaft in Nordbaktrien), *SA* XIX, 1954.

I. M. D'JAKONOV und V. A. LIVŠIC, *Dokumenty iz Nisy, I v. do n.e.* (Dokumente aus Nisa, 1. Jahrhundert v. Chr.), Moskau 1960.

P. GARDNER, *The Coins of the Greek and Scythic Kings in the British Museum*, London 1886.

R. GHIRSHMAN, Le problème de la chronologie des Kouchans, *Cahiers d'histoire mondiale* III, Neuchâtel 1957, S. 689–717.

R. GHIRSHMAN, Les Chionites-Hephthalites, *MDAFA* XIII, 1948.

R. GÖBL, Die Münzprägung der Kušan, in: F. Altheim und R. Stiehl, *Finanzgeschichte der Spätantike*, Frankfurt a. M. 1957.

T. V. GREK, E. G. PČELINA und B. J. STAVISKIJ, *Kara-tepe – buddijskij peščernyj monastyr' v Starom Termeze* (Kara-Tepe; ein buddhistisches Höhlenkloster in Alt-Termez), Moskau 1964.

G. V. GRIGOR'EV, Gorodišče Tali-Barzu (Die Station Tali-Barzu), *Trudy Otdela Vostoka; Gosudarstvennyj Ermitaž* (Berichte der orientalischen Abteilung der Staatlichen Eremitage), Leningrad 1940.

G. V. GRIGOR'EV, Kelesskaja step' v archeologičeskom otnošenii (Die Keles-Steppe in archäologischer Hinsicht), *Izvestija AN KazSSR* (Sitzungsberichte der Akademie der Wissenschaften der Kasachischen SSR), Nr. 46, Alma-Ata 1948.

A. V. GUDKOVA, *Tok-kala*, Taschkent 1964.

W. B. HENNING, The Bactrian Inscription, *BSO AS* XXIII, 1960, 47–55.

Indija drevnosti (Indien im Altertum) (Sammlung von Artikeln), Moskau 1964.

A. J. JAKUBOVSKIJ, *Drevnij Pjandžikent; Po sledam drevnich kul'tur* (Alt-Pendžikent; Auf den Spuren der alten Kulturen), Moskau 1961.

S. K. KABANOV, Sogdijskoe zdanie V v. n. e. v doline r. Kaška-Dar'i (Ein sogdisches Bauwerk aus dem 5. Jahrhundert n. Chr. im Kaschka-Darja-Tal), *SA* 1958, Nr. 3 (über Aul-Tepe).

L. R. KYZLASOV, Archeologičeskie issledovanija na gorodišče Ak-Bešim v 1953–1954 gg. (Archäologische Forschungen auf der Station Ak-Bêsim 1953–1954), *Trudy Kirgizskoj archeologo-etnografičeskoj ekspedicii AN SSSR* (Berichte der archäologisch-ethnographischen Kirgisien-Expedition der Akademie der Wissenschaften der UdSSR), II, Moskau 1959.

V. A. LAVROV, *Gradostroitel'naja kul'tura Srednej Azii* (Die Städtebaukultur Zentralasiens), Moskau 1950.

B. A. LITVINSKIJ, Archeologičeskie otkrytija no vostočnom Pamire i problema svjazej meždu Srednej Aziej, Kitaem i Indiej v drevnosti (Die archäologischen Entdeckungen im Ost-Pamir und das Problem der Verbindungen zwischen Zentralasien, China und Indien im Altertum), *XXV Meždunarodnyj kongress vostokovedov; Doklady delegacii SSSR* (25. Internationaler Orientalistenkongreß; Vorträge der sowjetischen Delegation), Moskau 1960.

I. E. van LOHUIZEN DE LEEUW, *The »Scythian« Period*, Leyden 1949.

A. I. MANDEL'ŠTAM, Kočevniki na puti v Indiju (Die Nomaden auf dem Wege nach Indien), *MIA* 136, 1966.

A. MARICQ, La grande inscription de Kaniska et l'étéotokharien, l'ancienne langue de la Bactriane, *JA* 246, 1958, S. 345–385.

M. E. MASSON, Nachodki fragmenta skul'pturnogo karniza pervych vekov n. e. (Die Funde des Fragments eines Skulpturkarnieses aus den ersten Jahrhunderten n. Chr.), *Materialy Uzkomstarisa* (Materialien des Usbekischen Archäologischen Dienstes) I, Taschkent 1933.

M. E. MASSON und G. A. PUGAČENKOVA, Mramornye statui parfjanskogo vremeni iz Staroj Nisy (Marmorstatuen der Partherzeit aus Alt-Nisa), *Ežegodnik Instituta Istorii isskustv 1956* (Jahrbuch des Instituts für Kunstgeschichte 1965), Moskau 1957, S. 477.

M. E. MASSON und G. A. PUGAČENKOVA, *Parfjanskie ritony Nisy* (Die parthischen Rhyta aus Nisa), Moskau 1956.

V. A. MEŠKERIS, *Terrakoty Sarmarkandskogo muzeja* (Die Terrakotten des Museums von Samarkand) (Katalog), Leningrad 1962.

A. K. NARAIN, *The Indo-Greeks*, Oxford 1957.

E. E. NERAZIK, *Sel'skie poselenija afrigidskogo Chorezma* (Dorfsiedlungen des afrigidischen Choresmien), Moskau 1966.

V. A. NIL'SEN, *Stanovlenie feodal'noj architektury Srednej Azii (V–VIII vv.)* (Die Entwicklung der feudalen Architektur Zentralasiens im 5.–8. Jahrhundert), Taschkent 1966.

O. V. OBEL'ČENKO, Kuju-Mazarskij mogil'nik (Der Friedhof von Kuju-Mazar), *Trudy Instituta istorii i archeologii AN UzSSR* (Berichte des Instituts für Geschichte und Archäologie der Akademie der Wissenschaften der Usbekischen SSR), Nr. 8, Taschkent 1956.

G. A. PUGAČENKOVA, *Chalčajan*, Taschkent 1965.

K. SHIRATORI, A Study of Sut'e or Sogdiana, *Memoirs of the Research Department of the Toyo Bunko*, Tokyo, Nr. 2, 1928.

V. A. ŠIŠKIN, *Varachša*, Moskau 1963.

O. I. SMIRNOVA, *Katalog monet s gorodišča Pendžikent* (Katalog der Münzen aus der Station Pendžikent), Moskau 1963.

Sogdijskie dokumenty s gory Mug (Sogdische Dokumente vom Berge Mug), I–III, Moskau 1962, 1963.

Sogdijskij sbornik (Sogdische Studien), Leningrad 1934.

B. J. STAVISKIJ, Ossuarii iz Bija-Najmana (Ossuarien aus Bija-Najman), *Trudy Gosudarstvennogo Ermitaža* (Berichte der Staatlichen Eremitage), Bd. V, Leingrad 1961.

W. W. TARN, *The Greeks in Bactria and India*, Cambridge 1951 (2. Auflage), Nachdruck 1966.

A. I. TERENOŽKIN, Cholm Ak-tepe bliz Taškenta (Der Hügel Ak-Tepe bei Taschkent), *Trudy Instituta istorii i archeologii AN UzSSR* (Berichte des Instituts für Geschichte und Archäologie der Usbekischen SSR), Nr. 1, Taschkent 1948.

C. TREVER (K. V. Trever), *Terracottas from Afriasiab*, Moskau und Leningrad 1934.

K. V. TREVER, *Pamjatniki greko-baktrijskogo iskusstva* (Denkmäler der Gräko-Baktrischen Kunst), Moskau und Leningrad 1940.

M. V. VOEVODSKIJ und M. P. GRJAZNOV, U-sun'skie mogil'niki na territorii Kirgizskoj SSR (Die Wu-sun-Nekropolen in der Kirgisischen SSR), *VDI*, 1938, Nr. 3.

M. G. VOROB'EVA, Keramika Chorezma antičnogo perioda (Die Keramik Choresmiens in der Antike), *Trudy Chorezmskoj archeologo-etnografičeskoj ekspedicii* (Berichte der archäologisch-ethnographischen Choresmien-Expedition) IV, 1959.

V. L. VORONINA, *Problemy rannesrednevekovogo goroda Srednej Azii* (Probleme einer frühmittelalterlichen Stadt in Zentralasien) (Autoreferat einer Doktordissertation), Moskau 1961.

E. V. ZEJMAL', *Kušanskoe carstvo po numizmatičeskim dannym* (Das Kuschanreich nach den numismatischen Fakten) (Autoreferat), Leningrad 1965.

Živopis Drevnego Pendžikenta (Die Malerei von Alt-Pendžikent), Moskau 1954.

Živopisi skul'ptura Drevnego Pendžikenta (Malerei und Skulptur von Alt-Pendžikent), Moskau 1959.

Abkürzungen

BSOAS	Bulletin of the School of Oriental and African Studies
GAIMK	Gosudarstvennaja akademija istorii material'noj kul'tury (Staatliche Akademie für die Geschichte der materiellen Kultur)
JA	Journal Asiatique
JuTAKE	Južno-Turkmenskaja Archeologičeskaja Kompleksnaja Ekspedija (Südtürkmenische Komplexe Archäologische Expedition)
KSIE	Kratkie soobščenija Instituta etnografii (Kurze Mitteilungen des Instituts für Ethnographie)
MDAFA	Mémoires de la Délégation Archéologique Française en Afghanistan
MIA	Materialy i issledovanija po archeologii SSSR (Materialien und Forschungen zur Archäologie der UdSSR)
SA	Sovetskaja Archeologija (Sowjetische Archäologie)
SE	Sovetskaja Etnografija (Sowjetische Ethnographie)
UzFAN	Uzbekskij filial Akademii Nauk (Usbekische Filiale der Akademie der Wissenschaften)
VDI	Vestnik drevnej istorii (Zeitschrift für Alte Geschichte)

Register

220

ARCHAEOLOGIA MVNDI

Die erste umfassende Darstellung der
archäologischen Erforschung unserer Erde
Das Reihenwerk wird insgesamt 40 Bände umfassen.
Ausstattung: Hellgrauer Kunstledereinband mit Rückengoldprägung.
Vierfarbiger zellophanierter Schutzumschlag. Schuber. Format: 16,5 x 24 cm.

Erschienen:

Mesopotamien
von *J.-C. Margueron*
260 S., 24 farb. und 112 schw.-weiße Abb.
Kreta, von *N. Platon*
248 S., 64 farb. und 61 schw.-weiße Abb.
Persien I, von *J.-L. Huot*
228 S., 62 farb. und 91 schw.-weiße Abb.
Persien II, von *W. G. Lukonin*
244 S., 76 farb. und 141 schw.-weiße Abb.
Peru, von *R. L. Hoyle (†)*
260 S., 91 farb. und 76 schw.-weiße Abb.
Indochina, von *B. P. Groslier*
288 S., 35 farb. und 110 schw.-weiße Abb.
Mexiko, von *J. Soustelle*
296 S., 79 farb. und 105 schw.-weiße Abb.
Urartu, von *B. P. Pjotrowski*
240 S., 95 farb. und 58 schw.-weiße Abb.
Anatolien I, von *U. B. Alkim*
292 S., 61 farb. und 97 schw.-weiße Abb.
Anatolien II, von *Henri Metzger*
264 S., 33 farb. und 113 schw.-weiße Abb.
Zypern, von *V. Karageorghis*
280 S., 122 farb. und 59 schw.-weiße Abb.
Zentralasien, von *A. Belenitzki*
256 S., 54 farb. und 91 schw.-weiße Abb.
Rom, von *G. Picard*
296 S., 62 farb. und 130 schw.-weiße Abb.
Die Etrusker, von *R. Bloch*
210 S., 61 farb. und 71 schw.-weiße Abb.

Südsibirien, von *M. Grjasnow*
264 S., 78 farb. und 116 schw.-weiße Abb.
Indien, von *M. Taddei*
280 S., 53 farb. und 116 schw.-weiße Abb.
Mittelamerika, von *C. F. Baudez*
260 S., 54 farb. und 106 schw.-weiße Abb.
Kelten und Galloromanen, von *J.-J. Hatt*
350 S., 69 farb. und 150 schw.-weiße Abb.
Die Germanen, von *R. Hachmann*
199 S., 37 farb. und 120 schw.-weiße Abb.
Rumänien, von *C. Daicoviciu* und *E. Condurachi*
262 S., 83 farb. und 113 schw.-weiße Abb.
Byzanz, von *A. Bon (†)*
228 S., 90 farb. und 51 schw.-weiße Abb.
Tibet, von *G. Tucci*
240 S., 30 farb. und 120 schw.-weiße Abb.
Japan, von *V. Elisseeff*
232 S., 43 farb. und 103 schw.-weiße Abb.
Thailand, von *P. Charoenwongsa* und *M. C. S. Diskul*
272 S., 93 farb. und 168 schw.-weiße Abb.
Daco-Romania, von *D. Berciu*
192 S., 65 farb. und 73 schw.-weiße Abb.
Syrien-Palästina I, von *J. Perrot*
192 S., 45 farb. und 73 schw.-weiße Abb.
Syrien-Palästina II
von *M. Avi-Yonah (†)* und *A. Kempinski*
208 S., 21 farb. und 64 schw.-weiße Abb.
Ceylon, von *J. Boisselier*
190 S., 36 farb. und 80 schw.-weiße Abb.

NAGEL VERLAG GmbH
Lechfeldstraße 3 · 8 München 21